『三好十郎著作集』解説・回想・総目次

不二出版

目次

I 解説

『三好十郎著作集』解説

山口謙吾

一　詩とその周辺

「九州まで歩く積り」[1]。早稲田大学英文科二年の三好十郎は、一九二三年七月二〇日、横浜から歩き出した。八月に郷里佐賀で兵役点呼の予定があった。

帰京の途次、高野山宝城院に滞在中の九月一日、関東大震災があり帰京を断念、学友の厚意で暫時奈良で待機することにした[2]。

薬師寺、唐招提寺、法隆寺、東大寺等の仏像や建築物を見て歩くうちに、「詩」を書き出していた。詩人・三好十郎の誕生である。

翌年四月より一二月までに『早稲田文学』誌上に「雨夜三曲」以下九〇〇行に及ぶ長編叙事詩「唯物神」や「秋霊幻怪」（散文詩七篇）等二五篇を発表している。十郎の生涯を俯瞰するとき――日清戦争後台湾へ、日露戦争終結後満州（現中国東北部）へ渡った両親と生き別れ、孤児十郎が、佐賀中学在校当時より、俳句・短歌・詩を書き留めているが、その幼少年期以来胸中に潜めていた詩情を一気に爆発させた感じがする。なかでも特に「唯物神」では、十郎自身の生涯の一端が象徴化されているようにも推察される。

恩師吉江喬松教授の散文詩「青い室」に感動した十郎は弟子入りを願い[3]、自らも散文詩「青い風」を吉江教授にささげている。また、英文学教授で詩人の日夏耿之介の長編散文詩「黒衣聖母」に惹かれ、足繁く日夏宅を訪ねており[4]、後年、論文「近代ゴシックと日夏耿之介」を発表した経緯からも、並々ならぬ交流と談論があったものと推測される。当然のことながら、両教授の散文詩から、叙情や象徴表現の示唆と刺激を受けており、「秋霊幻怪」等にその形跡が見受けられる。

一方この時期、卒業論文の論題に「ウイリアム・ブレイクの研究」を設定し、その準備と執筆に多忙な日々を送っていたはずである[5]。

彫版画家で英国浪漫派前衛の象徴詩人と評されているブレイクは、産業革命による社会変動やアメリカ独立運動が及ぼす英本国と植民地間の軋轢や、フランス革命の影響を受け、自由の主張、因習への抵抗という潮流の中、ブレイクは、フランス革命の年に出版した詩集 *Songs of Innocence*[6] =「純真の歌」で慈悲・愛憐・純粋無垢の心情をうたい、五年後に出版した *Songs of Experience*[7] =「経験の歌」では社会の矛盾・冷酷・汚濁への批判、束縛や抑圧への反逆をうたった。

三好十郎は「両親の味を知らぬ」と言う。その両親にも勝るほど愛情深く、豪気で温和で楽天的な母方の祖母に一二歳まで育てられた。祖母が父であり母であった。が、両親からの送金も絶え、祖母の死を境に環境は激変する。ウツラウツラとした幼少年時代は終わり、無宿と飢餓が十郎に「孤児」の意味を認識させ、「意志と労働の少年時代」がひらけ、汗と油と材木の匂いに包まれ[8]、以後諸々の辛酸と思想遍歴を経験していく[9]。

ブレイクの「純真の歌」は十郎の幼少年期と重なり、「経験の歌」は青年時代の生活と世相とに重なり、二つの歌の前者でうたわれた“Infant Joy”と対照的に後者でうたわれている“Infant Sorrow”の詩句は、十郎の心中深く共鳴をおぼえさせたことは想像に難くない。このブレイクに係わる卒論について、生前、三好まり氏に「力をこめて書いたものだ」と回想しながら語られたとのこと。筆者も、指導していただいていた「劇団戯曲座」での質問の時間に、「ロマンティック・リヴァイヴァル」の話の中で、バイロン、シェリー、キーツとあわせてブレイクの特質に言及された話を直接聞いたおぼえがある。

一九二五年、卒業と同時期に五歳年上の坪井操と結婚、操は昼間は高等女学校の教師、夜は関東消費組合連盟の活動家で、託児所の世話や労働争議の支援や日本赤色救援会の活動をしていた（昼夜兼行の過労がもとで一九三三年一一月一二日死去。享年三七[10]）。

結婚前後の詩二題

「貧乏の歌」[11]では、

「詩人よ／清貧を歌ふことをやめよ／…（中略）…／貧乏をかなぐり捨てるがいゝ／…（中略）…／詩人よ／客間で歌ふことをやめよ／…（中略）…／それらすべての贅語を溝にたゝき込むがいゝ／詩人よ／美しい処女に詩を捧げるのをやめよ／…（中略）…／淫売婦に捧げるがいゝ。／…（中略）…／感傷と夢を捨てよ／…（中略）…／爪で書け／唯一言でいゝから爪で書け／「否」と！／…（中略）…／伝統は森の中に眠らせて置くがいゝ／…（中略）…／あらゆる権勢に向つてつばきせよ／…（中略）…／お前達が俺から掠《ママ》ひ取つた金と飯を／そつくり返せ」と叫んでいる。

「あまのじゃくな流浪者」[12]の中では、

「生活をとりもどしたい／運命と喧嘩をしたい／毎日のプログラムを壊したい／…（中略）…／――生活をとりもどすために／私は旅をする／同行二人」とうたっている。

生活のため翻訳[13]に時間を割く一方、詩や詩論を発表していった。一九二四年、「「詩壇」栄えよ」を発表以来、「佐藤春夫論」「実篤と白鳥」「室生犀星氏に」を発表した後、「意志詩人大同団結[14]」「詩人撲殺[15]」、更に一九二七年に発表した「現実主義の詩」「詩が書けなくなれ」「社会主義詩論（上）・続」以下一〇編近くのプロレタリア詩論を展開し、既成詩壇やその因習に対して批判と挑戦を試みていった。
　ブレイク没後百年目に当たるこの年、「近代ゴシックと日夏耿之介」論を発表した。師弟というよりは芸術家同志に近い立場で論じている中で、(渡仏していた日夏を念頭において)ゴシックを実感するのに、「遠くノートルダムにまで行かなくてい丶…(中略)…デユーラーの画巻をひもどかなくてもよい…(中略)…ブレイクの画を眼にしなくともい丶であろう。唯奈良に行けばい丶。其処にある仏像達と建築物の前に立てばい丶[16]」。更に筆を進め、日夏の「黒衣聖母」その他の散文詩にみられるその貴族主義や、語法上の懐古趣味、世界観上の遁世主義について疑問符をなげかけ、最後に敬意を払いながらも、「彼の立つてゐる場所が、多分或る意味に於ては、われわれの立つてゐる場所とは正反対の場所であるかも知れない」と記し、日夏との決別を表明している。

「現在、全日本無産者芸術聯盟員。戯曲と詩をウンと書いて行きたい。自分の能力と技術で以て解放戦線上の一人の雑兵たらん事を最大の目的としてゐる」(一九二八年一〇月)と「小伝[17]」の最終文節で明言しているように、「貧乏の歌」から「現実主義の詩」に至るまでに三二篇、それ以後一九三二年の「働く婦人の歌」に至る詩四二篇を各紙誌に発表している。

　草野心平主宰の同人誌『銅鑼』四号(一九二五年九月)には、「現詩壇で最も奇抜な二つの個性——三好十郎と宮沢賢治両君が加わった」と紹介され、鋭角的に斬りこんでいく詩人として注目されていたにしては、『新興文学全集』第一〇巻「三好十郎集」(平凡社刊)所収の二一篇の詩を例外として、日本の各詩歌集やプロレタリア詩集のたぐいに、数篇を除いて殆ど収録されず後代に伝えられていない。

　このことは、詩論「意志詩人大同団結」等により、「詩壇」に対して反旗を翻したその報復だったのか、「当時のプロレタリア詩人としては、…(中略)…中心的地位にいた、森山啓、上野壮夫、三好十郎、窪川鶴次郎らは詩人としてはすぐれず[18]」などと論難し無視したのか、ほかに何らかの事情があってのことだったのか、疑問が残る。余談に亘ることだが、「宮沢賢治そのひとのすぐれた業績の故であることは言うまでもないが、生前無名の詩人であつた頃から、その稀有の詩才と篤実な人格を認め、不当な不遇のうちに宮沢賢治が死んだのち、その顕彰に不屈の努力を傾けた草野心平の功も無視できないのである。いや、草野心平の努力が無かつたならば、あるいはそのまま湮滅してしまうという悲運に会つていたかもしれない」と高見順は『昭和文学盛衰史』で論評している（一九四頁）。

今ひとつ判然しないのは、恩師日夏教授に青木繁の絵[19]を贈った時の十郎の「口上」である。「自分は左翼の運動をしてゐるので、何時どうなるかわかりません先生のところへおいていたゞけば安全ですから」と告げている。一九二三年冬のことである。これに従えば、大学予科を卒業し英文科入学を経て、九州まで歩く前後から左翼運動をしていたことになる。この周辺を裏づける資料は、「ニヒリズムからサンジカリズムにわたつたのは早く学生時代からである。生来、どのような意味でも自由を拘束される事を極度に嫌う性格が、私を自然にアナーキズムの方へおもむかせた[20]」とあるだけではっきりしない。

一九二四年の「雨夜三曲」以後一年間は、浪漫主義風の象徴詩に終始し、左翼運動と連動するような詩は見当たらない。プロレタリア詩が続くのは、一九二五年、早大卒業直前の「貧乏の歌」以後の詩で、その合間に、ニヒリスティック、またアナーキズム風の詩が一五篇混在している。以上のことなどから、左翼活動の時期と実態を特定することはできない。

一九二八年、「詩は如何に行動すべきか?[21]」で、詩は短文形式で、歌はれ、朗読され、大衆に理解されなければならぬ、と主張し、小説が五〇頁で訴える所を詩は一〇行で可能だ。劇による舞台表現は詩の二〇行ですむ、と論じた。しかし同時期に発表した戯曲「首を切るのは誰だ」、続く「疵だらけのお秋」の舞台が大好評を博し、共に再演が続いた。演劇の迫力を自身で実感すると同時に、新築地劇団その他の求めに応じ、詩作から劇作の方へ移行した。

しかし、三好十郎の詩精神は、一九二四年に発表した処女作で詩劇形式の「窓（Fantasia）[22]」に始まり、一九五八年、最終晩年作の長編詩劇「捨吉」で終わる。

三好作品には、詩のような、戯曲のような、小説のような、一つのジャンルにおさまらないものがある。三好自身

「芝居らしくないものを」と表明したり、[23]「新しい次元の…（中略）…らしくないものを手がけていきたい」と戯曲座でも明言している。この萌芽は早く、叙事詩「唯物神」に見られる。少年「六右衛門」が母を求め、恋人お夏を想う青年期に至る詩文は人生劇として、立派に舞台化できる。

「三好十郎は最初から最後まで詩人であった」と言うことができる。

【追記】『三好十郎著作集』第一五巻に収録されている詩は四八篇。一九七〇（昭和四五）年永田書房より出版の『三好十郎全詩集』収録の詩は七一篇。内、『著作集』所収と重複しない詩が一八篇。これ以外の詩が三八篇ある。尚、三八篇は創言社編集人の坂口博氏の拾遺による。（参考事項『劇作家三好十郎』六七～六八頁）

二　戯曲とその周辺

文芸戦線から離脱したアナーキスト達は、一九二七年一月、『文芸解放』を創刊した。アナ・ボル論争等もあり、『文芸解放』同人の壺井繁治が、アナーキズムの思想的無理論性を指摘し、同志と共にアナーキズムからコンミュニズムへと思想転換[24]をした。これを契機に三好十郎グループと合同し、一九二八年二月、「左翼芸術同盟」を結成、機関誌『左翼芸術』を創刊。これに三好十郎は戯曲第一作「首を切るのは誰だ」と、詩「おい執行委員」、左翼芸術同盟歌「戦ひの歌」及び詩論「詩は如何に「行動」すべきか?」を発表し、プロレタリア文学活動を展開していく。同号発行から四日目の四月二八日、「全日本無産者芸術連盟」の創立大会があり、これに「左翼芸術同盟」も参加した。これと呼応して劇団「左翼劇場」が結成され、同年九月、この劇団により「首を切るのは誰だ」が村山知義演出で初演された。対話の妙を生かした作劇術が見事で、笑いの中にも実は笑えぬ、当時としては異色の戯曲であり、舞台であったと伝えられている。

新劇界では、築地小劇場が新築地劇団と劇団築地小劇場に分裂したり、佐々木孝丸、三好十郎、村山知義、久保栄、真船豊などによって「日本プロレタリア戯曲研究会」が組織され、プロレタリア・リアリズムが課題になったり、プロレタリア演劇運動の弁証法的唯物論的確立が提起されたり、更にそれが批判されて、社会主義リアリズムの創作方法が提唱された。[25] こういう状況にあっても、三好は、「生来、どのような意味でも自由を拘束されることを極端に嫌う性格」[26]として、組織の中枢に座ったことはないし、「小伝」でも述べているように一雑兵でいることが最大の目的であって、いわゆるインテリゲンチャ風の教条的マルクス主義に立った人物創造よりも、貧しく生活する人間に力点をおいた劇創造を目指しており、日本的農民や庶民の感覚で考える習慣を維持していた。それ故に「日本のプロレタリア文学は、労働者の文学と言うよりはむしろ革命文学であり、急進的インテリゲンチャの文学であり、だからそれは、「山谿」や「海」に生きる人々の文学というよりは「党生活者」の文学としての歴史を辿ったと言える」[27]と指摘されている方向性とは全く異なる位置に立っていたのが三好十郎であった。

「首を切るのは誰だ」の中で、小作争議のさなか、小作耕兵衛の息子で小学生の耕一が「人の作つた米を取るのは泥坊だよ、泥坊しちやいけねえつて（指して）先生も教えます。だから泥棒は悪いです」という発言をきっかけに、担任、校長、視学、学務主任、内務部長らが、生徒の指導責任のなすりあいを続け、知事が関係者に責任をとらせて、首を切るといきまいている矢先に、内閣総辞職の政変があり、知事自身の首もとぶという喜劇が舞台上に踊る。[28]

第二作目の「疵だらけのお秋」では、船員組合のストライキに反対する仲仕組合のスト破りをやめさせるため、盲目の弟を養い、同業の病人を助けたり、ゴロツキから守ってやったりしている酌婦お秋が「みぢめで、弱い、自分の命を少しづつ切りきざんで、やっとの事で生きてゐる女だわ」「疵だらけになって、やって来たんだわ。生きて来たんだわ。なあに、これからだって――」と、心底からしぼり出して発した言葉にうながされ、前年の争議に敗れ絶望していた仲仕のリーダー阪井が「スト破り」をやめさせ、連帯の勝利へと導いていく。この作品は、追いつめられた貧しい女の、しかし生への希望を失わないしたたかな人間そのものを描いた若い三好の代表作である。

親に見放されて成長した三好少年の自己投影と、中学卒業直前に体験し見聞したことの実感がこめられている。[29]九〇年経た作品だが、新しさを失わず今日に至るまで上演されている（「蟹工船」や「太陽のない街」より一年前の作品である）。

この後、「報国七生院」や大作「炭塵」「恐山トンネル」、農村三部作の「せき」「字・西の田」（部落の歴史第一部）「焼酎」（西の田の続き）等プロットの方針である弁証法的創作形式とはやや違った、自己体験を通しての、農民に密着した人間くさい作品を書き、問題劇「斬られの仙太」から「幽霊荘」へと劇作は進む。

新劇の脱皮をはかり、スケールの大きい大衆劇を意図した「斬られの仙太」は、一九三二年より翌年末まで、資料収集・構想・実地踏査を経て執筆された。[30]戯曲九場終段で、「同志である」と信頼してきた天狗党の士分に騙し討ちに遭う。その時、農民（博徒）の仙太が「士《さむらい》なんぞ、う、うぬ等の都合さえよければ、ほかの者はどうでもいいのだっ！ご、ご、御一新だと！阿呆っ！うぬ等がいい目を見たいための、うぬ等が出世したいための御一新だっ！だましたっ！」[31]と絶叫する。一〇場後半で「ウヌラの事を、つれえ、悲しい、苦しいと思ふたらば、自分の事は自分の手でやらねえぢや、人だよりでは、あんにも、ホントの事あ出来はしねえぞ！」[32]と嘆じる。

初演された当初から二〇一四年の今日まで、この作品ほど議論され上演されてきた戯曲も少ない。重篤な妻の看病、自身の体不調、借金続きの貧乏な生活状態[33]と、まさに満身創痍の三好が思想葛藤ぎりぎりの所で執筆したものと思われる。一九三三年に発表した「バルザックに就ての第一のノート」「打砕かるる人——バルザック論（2）」で、三好は疑問に思っていた唯物弁証法的創作方法や社会主義リアリズムを批判した。[34]

一九三五年発表、翌年創作座により初演された「幽霊荘」が、一九五二年、河出書房出版の『三好十郎作品集』第一巻に収録されているが、その「あとがき」に三好は、

アナーキズムからコンミューニズムに移り行き、更にそのコンミューニズムをも疑いはじめるに至り、遂に根本的にコンミューニズムを投げ捨てざるを得ない事を実感しはじめた…（中略）…苦闘の末に積極的に投げ捨てた。

私の精神からは血のようなものが、したたり落ちた。投げ捨てたものの代りになるものは、なかなかやって来なかった。私は孤立し、茫然として自分自身に対した。そして、やがて遂に「素朴なるもの」の上に立った。

と記している。「幽霊荘」以後一〇作目の「鏡」で明確に左翼との決別を果たしている。これは「外圧」で転向声明を出した佐野学や鍋山貞親の事例とは根本的に異なるもので、「転向」という言葉や概念で処理されるべき事柄ではない。

詩人三好十郎が生涯の中で四篇の詩――「現在の林―Mにおくる―」「星と波と女の風景」「馬鹿が言ふ言葉」「水尾」を捧げた先妻操の七回忌に書きあげた「イッヒドラマ」＝「浮標（ブイ）」の「あとがき」（『三好十郎作品集』第一巻）に、

この作品の中に描いてあることは、今から約十八年ばかり前、私が重病の先妻「みさを」をかかえて千葉県の郊外の海岸に住んでいたころの身辺のことで、ほとんど当時のありのままである。…（中略）…第二次世界大戦はかなりの確率をもって予見できるようになっていた頃である。つまり私は私個人にとっても客観的にも、ドス黒い時代のことをドス黒い時代の中で書かなければならなかった。…（中略）…国民の上に加えられていた圧力の質も絶対的なものであった。…（中略）…日々の生活も仕事も、その刻々が「対決」の連続であった。…（中略）…自分にはこれ以外の、そしてこれ以上の対決は出来なかったという意味で自分に正直であった事に、今でも私は満足している。

とある。

新築地から申し出のあった「浮標」の上演要請を強く拒否していたが、曲折があって、一九四〇年三月二三日初演の幕があがった。演出担当の八田元夫が書き残している。[35]「舞台は、予想通りの進行、…（中略）…丸山定夫がすべてを賭けて演技している。…（中略）…大詰の死に行く妻にむかって、万葉の歌を狂気に読みきかせる久我五郎の姿に、関原編曲のショパン風のピアノトリオがクレッセンドに高まって幕がおりた。――しかし、客席はしーんと静まりかえっている。ア、やっぱり駄目だったのかと思った途端、ずっしり幕がおりきって、一瞬、二瞬、三瞬、沈黙しきっていた百名足らずの観客が、一時に爆発したように拍手――それがなりやまない。…（中略）…まだなりやまない。まっしぐらに楽屋に飛込んで行った。丸山が涙を浮べながら、両手で私の右手を骨がおれるばかりぎゅうっと握りしめた」と。席を立とうとする者は一人もいなかった。静寂の後、突如「巨大な野獣が咆哮する」ような慟哭に包まれたという。

この四ヶ月後、新築地、新協両劇団の主要メンバーが検挙され、両劇団とも解散に至る。

心血を注いだ「浮標」を契機に、劇作が天職と自覚した三好であったが、日米開戦前夜から芸術家として戦争期に耐えていく運命の日々がはじまった。敗戦に至るまでの五年間に一〇作品を執筆していくが、生きている限りは生きねばならぬ、検閲の内閣情報局と警視庁、思想統制監視の特別高等警察、衣食監視の経済警察等々と相い対しながら飢えが迫る苦難の時を送っていった。

「をさの音」「三日間」「獅子」そして「おりき」等の作品を、実際に読むこともなく先行評論家の言説に追従し、お粗末にも「国策劇」だと論断する評論家の存在と、その評論が広く流行することは残念なことである。味読に値する戯曲であり正当な評価を期待したい。戦中最後の大作「峯の雪」に入る前に、『三好十郎の手帳』を読むと、「昭和一七年四月七日「轆轤」（「峯の雪」の原題）着手。四月一八日正午頃、帝都初めて空襲さる。胸がドキドキする。敵機を見た。書きつゞけられるか?」とある。[36]

三好は『ノート2』の昭和一七年九月一七日付けに「怒るまい。すべての事がそうなって来たのだ。怒って見ても仕方がない。自分の中に立てこもり、ただコツコツと自分の仕事にだけ専念することだ。踏まれても蹴られても、あらゆる物をとりあげられても、怒らず、ただ餓死をしないで、空を見、地を見、林を見、人を見て、仕事をしつつ生きて居られることに感謝しよう」と記している。また別のメモに、「世の中が、俺からはぎ取り得るものだけは、残りなくはぎとれよ。俺が俺の仕事に打込んで行く魂までは、はぎとれはしまい」と抵抗を示している。[37]

二年半の歳月をかけ、あたため補筆などしたであろう「轆轤」が「峯の雪」に生まれ変わり、昭和一九年一〇月三日清書完了とある。[38]

「峯の雪」執筆当時、昭和一九年九月一八日夜、ノート「その時々」[39]に次のように記している。

> 敗れてほしく無い。敗れたく無い。勝ちたい。是が非でも勝たなければならぬ。五年後が駄目なら十年後に。十年後が駄目なら百年、二百年後に。そのためになら三年や四年敗戦のうき目を見てもよい。日本人の半分が死んでもよい。勿論その死ぬべき半分の中の一人として自分が入ってゐてもよい。
>
> よしんば日本人の数が三分の一、十分の一になっても、百年後に、より強く、より高く、より美しく、より道義的な日本人が生き残って民族の真の姿を示し得れば、それが日本の勝利である。

「峯の雪」は、壺や茶碗にかけては、当代随一と謳われた老陶工治平が、軍からまったく畑違いの碍子作りを強要される。拒否して自分の窯を潰してしまうが、弟子で婿の治六は生計の事もあり引き受ける。四年前、愛のトラブルを避けて家を出た次女みきが、軍の特務機関に従事していた中蒙国境の張家口から帰国し、前線で苦闘する話の中で碍子の需要性を耳にして、やむなく碍子の生産に応ずるまでの、苦悩にみちた葛藤を描いた長編戯曲である。初め、シナリオ「赤絵始末」[40]と構想されたものが、戯曲「轆轤」として脱稿したものを、さらに手を加え「峯の雪」として桜井書店に届けた。が、出版直前、米軍の空爆により書店もろとも焼失した。[41]幸い朱筆入りの原稿が保存されていて『三好十郎著作集』の中に収録された。

構想から「轆轤」まで二年、「峯の雪」まで二年、焼失から『三好十郎著作集』第一巻出版まで一五年、二〇一〇（平成二二）年六月、民藝初演まで五〇年。「峯の雪」として陽の目をみたのは、実に六五年ぶりの事であった。

兒玉庸策演出の「峯の雪」（民藝）初演は、内藤安彦、安田正利、中地美佐子ほかの重厚、新鋭の演技陣で好評を博し、十把一絡げ的な、偏見の意が潜む「国策劇」という評価とは別次元の意識で捉える特に若い世代の観客が目立った。

戦後（一九四五年以降）

アメリカは勝者であり日本は敗者である。そして勝者と敗者の間には、命令と服従が存在するのみである。…（中略）…どのやうな理論や口実や美辞や美名を並べ立てゝ見たところで、それ以外の関係は、一切虚妄に過ぎぬ。…（中略）…敗戦国に自由は存在しない。現在、われわれに与へられてゐる、又今後与へられるであらう自由は、すべて虚妄の自由である。…（中略）…なさけ無いかな日本の支配者層・文化人・進歩的分子の大部が、その虚妄の自由・錯覚の自由の上に立って踊らうとしてゐる。この現象それ自体が日本の低劣さの証拠である。

と「占領軍の日本支配」（三好未発表手記・昭和二〇年一〇月記）に記している。

その二ヶ月後、早速踊り出した一つが新劇の合同公演であった[42]。戦時中投獄されたり抑圧されていた新劇人たちが、解放された時点で、チェーホフ作「桜の園」を僅か数日の稽古で上演した。「手っ取り早くやれるから」だったり、「ハイカラだから」だったり、「脚本料がいらないから」だったりの実にお粗末な形の公演だったと伝えられている。千田是也も「やれ新劇復興だ、やれ新劇の天下だ、…（中略）…いやに仰々しい。…（中略）…今度こそはと慎重に踏み出したはずの第一歩がずるずると思はぬ方向へ」と傍白している（昭和二一年一〇月一八日）[43]。

野間宏は「新劇界には戦後はなかった」と批判したが、必ずしも的はずれではなかった。村山知義は一部例外として、久保栄、久板栄二郎、真船豊らは影がうすくなっていったが、同世代の三好十郎は戦後、痛烈な批判の矛先を先ず自己に向け、戦後四部作の「廃墟」「猿の図」「その人を知らず」「胎内」を通して、戦争と敗戦の意味と責任を問い出発した。野間はウッカリしてか、否、意識的に三好を避けたか？　逆に己が属する「文壇＝小説界」に戦後はあったのか？　を問うべきではないか？　三好には他から「孤絶」して追随を許さぬほどの戦後があった。三好がその評論集『恐怖の季節』や『日本および日本人』で問いかけ、批判を投げかけたが、当該の方々から結局回答や反論は殆どなかった。

「廃墟㊹」

反戦論者であった歴史学教授の柴田は、広い意味での「戦争責任」を感じ大学に休職願を出している。治安維持法で検束され、刑務所内で共産主義者になり、戦後出所した編集記者の長男誠。学徒兵を志願し九死に一生を得て復員し、尺度の逆転と混乱でその憤懣を周囲にぶつける次男欣二。片頬に戦禍の傷跡を持つ次女双葉は食糧不足で苦しい賄い方をつとめ、どんなにいがみ合っても必ず和解できるという信念をもって一家の平穏を祈る。

敗戦の年の八月十五日、天皇の放送があるというので…（中略）…聞いているうちに、自分にも思いがけず、急に泣きだしていた。…（中略）…その時自分があんなに泣いた事が、自然と言えば非常に自然なことのような気がしながら、どうも不思議でしかたがなかった。「あれは一体なんだったのだろう？　あの中に何が在るのだろう？」とズーッと考え考えつづけて、その後の一年ばかりを過したのである。それは戦争及び敗戦に就いての自己反省と言ったような、意識の表面だけで操作できる思惟ではなく、もっと深い、言葉や観念では掴めないような陰微な瞑想と言ったような種類の追求であった。そしてその結果、一つの作品を書こうと思った。…（中略）…この作品は私という作家が一番正面きって日本の敗戦という事がらに対した作品だと言えるかもしれない。

（『三好十郎作品集』第四巻「あとがき」）

浮ついた劇団には上演許可を与えなかった。現在筆者が側聞する所によれば気鋭の複数劇団で上演の準備が進められている由、戦後七〇年、原点に回帰してみる意味は大であろう。

「猿の図㊺」

第一場（戦中、大野邸）ブランデーを飲んでいる憲兵中佐薄田と元司法官大野の前で、映画製作者三芳重造が直立不動の姿勢で「転向」と「従軍志願」の誓書を読んでいる。

第二場（戦後、三芳家応接室、一場と殆ど同じ、少し粗末な感じ）ウイスキーを飲んでいる津村と三芳が、一場で薄田と大野がいた位置に坐って、その前で大野が「ダマサレタ、ダマサレタ」と終戦前の事情を釈明している。終戦直後の日本列島はダマサレタダマサレタの大合唱であった。誰が誰に、何にダマサレタのか？　軍部に？　財閥に？　政府に？　マスコミに？　――戦争責任論が展開する。

> 敗戦直後、日本人は日本人を憎み、さげすみ、嫌った。私もそうだった。…（中略）…そのうちに、その自分は全体なんだと思った。ゾーッとした。自分が軽蔑している人たちと同じ血を持ち、最もよく似ている日本人だ。私はそれまで他の日本人を軽蔑していた軽蔑の百倍もの毒々しさで自分を軽蔑した。吐いても吐いても胃の中に残っているものがあって、胃それ自体を掴みだしてしまいたいような気がした。それのカタルシスとして、この作品が生れた。これは喜劇である。…（中略）…しかしこの喜劇は悲劇である。
>
> （『三好十郎作品集』第三巻「あとがき」）

「その人を知らず」[46]

「汝の敵を愛せよ」を憲兵に問われて釈明に窮する牧師人見に、「汝殺すなかれ」と教えられた友吉は、国賊と非難され拷問にかけられながらも「出征すると、人を殺さなきゃなりません。……ここで死刑になれば、エスさまの、あの、天国へ行けますから」、と徴兵忌避を貫く青年の、戦中から戦後にかけての実話に基づく物語。[47] 言論の自由、表現の自由を定めた憲法を日本に制定させながら、ＧＨＱのＣＩＥ（民間情報教育局）は、この作品にクレームをつけた（やはり虚妄の自由であった）。

……自分が戦争というものに就いて考えたり感じたりしたいろいろの事に、一気に焼ゴテを当てられて血が吹きだして来たような気がした。私はその青年に会いたくなった。…（中略）…憲兵隊では外部の人に面会はさせまいと言う。…（中略）…そして、やがて終戦。――その間、始終その青年のことが頭へ来た。…（中略）…私はこの青年をシンから愛している。同時に、それと同じ強さで憎んでいるのである。…（中略）…この青年を全く憎まず、ただ愛することが出来るようになれるかどうか（実にそうなりたいのだが）まだ私にはわからない。このような場合に、私に出来ることといえば、その事を作品に書いてみる事しか無いのである。それでこの作品を書いた。

（『三好十郎作品集』第二巻「あとがき」）

この中で三好は「第三の道」追求のテーマも提出している。

「胎内」[48]

敗戦から二年目、飢餓状態が続き、政治も経済も思想も混乱するなか、政府高官を巻きこむ収賄事件で、逃亡中の闇ブローカー花村は情婦村子をつれて、雨のなか山中の洞窟に逃げこむ。そこには戦時中その壕を掘ったという復員兵佐山がいた。佐山は軍隊で痛めつけられ今は家族も仕事も失い、生きる意欲もなくしていた。突然の地震で出口が塞がる。食べものもウイスキーも尽きる。ローソクの灯りも残り僅かな空気も濁る――極限状況、迫る死を前にして生に向き合う三人。神・愛・性・金、のたうち回る人間の終焉は――。

日本の敗戦を自分という人間がどのように受け取ったか？　に就いての最も総括的具体的な答えがこの作品の内容をなしている。「廃墟」も同じような基盤から書かれたものだったが、書かれた時期が敗戦の時からあまりに近かったために作者としての眼がどこか熱しすぎていた。…（中略）…この作品ではそれが整理されている。作者の眼は冷たくなっている。それに唯単なる敗戦という事件からの投影だけでなく、その投影の中での人間性の根源のようなものへの、少くとも切り込みだけでも実現されている。

（『三好十郎作品集』第三巻「あとがき」）

三好は生前中、「胎内」の上演を許可しなかった。適切な演出家と演技者の出現を期待していた。没後五年目以降、上演され続けている。尚、二〇一二年六月、英国にて公演。

「殺意（ストリップショー[49]）」

学生や青年一般知識人に強い影響力を持つ社会学者の山田教授は、戦前マルクシズムを基点としながら、戦時中は天皇中心のアジア社会主義連邦などと口ばしり、右翼のリーダーとなる。世界が狂えば人も狂う。敗戦と同時に左翼へ変身、後からついて来た者は戸惑って――？

ストリップダンサーを演じながら、戦後の世相を斬り、転々向者山田を追及していく緑川美沙は「一番大切なのはミサオです」と母の言葉と共に授けられた一振りの短刀を、山田の背中に構える。打楽器のリズムに乗り、白熱した踊りと演技の中に、妖しくも美しく柔らかい言葉の裏側から、鮮血が吹き出るような鋭い言葉で、エセ学者の裏面をえぐり抜く独白が二三〇〇余行にわたる詩劇の形で展開されていく。

愛情や憎悪の強烈にして直接な表現は「叫び」にならざるを得ない。そして「叫び」の純粋なものは詩になる。人間の持つている諸感情の中で…（中略）…一番純粋なものは「怒り」であろう。…（中略）…私の手が取り上げたのは「怒り」のメスである。

（『三好十郎作品集』第二巻「あとがき」）

力量ある女優と演出家の出現を待つのは作者だけではない。上演の機会が早く訪れることを期待したい。この作品発表の三年後、『群像』誌上で問いかけられた「清水幾太郎さんへの手紙」が頭をよぎる。（清水氏は学者として、思想家として、また指導者として転々向者の典型的な一人だった。）

「炎の人（ゴッホ小伝[50]）」

日本人による創作劇が熱望されていた。劇団民藝は、一九五一年一月末に「民藝ヴァン・ゴッホ製作委員会」を発足させ、三好十郎への依頼を決定した。

「斬られの仙太」出演以来一七年間親しいつきあいがあった宇野重吉の回想によれば、

ゴッホの生涯の劇化を頼みに行くのには一くふう必要だった。はじめ何気ないような顔をして、一升びんと牛肉を持って雑談に行き、そんなことを二、三回つづけて、この辺が潮時と、やおらゴッホの話を切り出した。作戦が功を奏してか、三好さんは案外あっさり「日本でゴッホが書けるのはおれぐらいなもんだ」と豪語して、すぐ引き受けてくれた。

何日かしてまた行ってみたら、部屋の真ん中に麻生三郎氏のものすごい油絵をデーンと据えて、それとにらめっこしていた。それからまた何日かして、私は式場隆三郎、岡倉士朗、滝沢修の三氏を三好宅へ案内した。ゴッホの劇化は本ぎまりとなり、たしか三カ月ほどで書き上がった。

（宇野重吉著『新劇・愉し哀し』一三三頁）

執筆中、三好はビゼーの組曲「アルルの女」の舞曲「ファランドール」を聞き、書斎のうす暗い壁にはゴッホの複製画を何枚も貼っていた。（三好まり著『泣かぬ鬼父三好十郎』九七～九八頁）

三好は「炎の人」のあとがきに、次のようなことを書いている。

> 机のわきに常にイーゼルを立てて置き、時々カンバスに油絵具をつけては、指の先で伸ばしてみたりしながら書き進んだ。ゴッホが狂乱状態になって行く所を書いている時など、私の眼までチラチラと白い火花を見たりした。書きながら、だから、ゴッホが錯乱して行く、行かざるを得ない必然性が、はじめてマザマザと私にわかった。そして今更ながら戯曲を書く仕事の良さと、それから怖ろしさが身にしみた。だからこの作品を書いてはじめて私はゴッホを私なりに真に理解し得たといえる。
>
> （『三好十郎作品集』第三巻「あとがき」）

ベルギーの炭坑町で宣教師を解職され、神を見失ったゴッホは、絵に道を求めてオランダのハーグへ。明るい色を求めてパリへ。ゴーガンと出会い、光を求めてアルルへ。ウタマロやイロシゲを生んだ太陽の国日本へ行きたい。と夢を抱いていた。

ヴィンセントよ、
貧しい貧しい心のヴィンセントよ、

今こゝに、あなたが来たい来たいと言つていた日本で、
同じように貧しい心を持つた日本人が、
あなたに、ささやかな花束をささげる。
飛んで来て、取れ。[51]

「冒した者」[52]

主人公「私」の独白で始まる。八つの部屋に五家族九人が住んでいる。食事だけ共同で互いに干渉するでもなく平穏に暮している。そこへ「私」を師と慕う演劇青年須永がすーっと入って来る。この闖入で住人の言動が変り始める。一人が夕刊のピストル殺人事件に目を止める。犯人像が須永にそっくり。原爆で失明した少女モモコを除く八人が日常性を失い、ピストル所有の須永の周りで狂いはじめる。

「ハハハ！　だって、こっけいじゃないか！　原子爆弾で人間はみんな殺され、死んでしまうかもわからないのだよ。それを、ほかならぬ人間自身が作り出して、使った！　ハッハ！　神だけがする資格のある事を、人間が冒したんだよ！　冒した！　もう取りかえしは附かない」

「あとがき」（『三好十郎作品集』第四巻）に、「この作の中で、私は、現在という瞬間が人々に投げかけている諸問題を同時的に、そして、こんがらかったままで、未解決のままに投げ出した。しかも作のテーマや事件の原因結果や諸人物の心理や行為などの動機――理知的理論的に理解できるような原因や動機を描くことを私は意識的に切り捨て」と述べている。[53]

三好が執筆した戯曲は六四作（ラジオドラマの戯曲化を含む）で、「神という殺人者」（はじめ小説体で一三〇枚、後、戯曲体で八一枚）等未完のものを合わせると八〇作近くになる。すべてに触れ得ないまま、また拙い叙述で終るが、

今後研究家諸賢の解明解釈を願いたい。

三　小　説

「ごくつぶし」一九二九年（『戦旗』）
「大きい車輪」一九三一年（不明）
「賭ける女」一九三七年（『東京日日新聞』連載）
「横町の消息」[54] 一九三八年（『サンデー毎日』）
「女ごころ」一九三八年（『雄弁』）
「痴情」一九四八年（『婦人』連載）
「肌の匂い」一九四九～一九五〇年（『婦人公論』連載）
「撮影所の幽霊」一九五一年（『オール読物』）
「妙な女」一九五二年（別冊『文藝春秋』）

敗戦前五篇、後四篇の小説を書いている。

「三好は上京後、故郷の土を二度と踏まず佐賀を忘却の彼方に追いやった」とマコトしやかに語り伝えた文学史家や評論家たちが何人もいた。三好は帰郷したことを「少年時代から」[55]や「故園情」（大武正人著『小説・私の三好十郎伝』二一四頁）等に書きとめている。

佐賀方言を使って、炭坑争議を書いた小説「ごくつぶし」や戯曲「熊手隊」[56]を書いた三好が、此の地に眠る祖母や恩師鶴清氣先生と修身で習った「葉隠」の里を忘れるはずがない。「知らぬことは書くな」が三好の戒めであった。

「肌の匂い」[57]

主人公貴島勉が出征ひいては戦場へ赴く前夜、演劇の師M（広島で原爆死した通称ガンさん＝Gこと丸山定夫）が、貴島が童貞であることを知り、「一人前の男になりきれないままで」と慨嘆し、女性を世話する。貴島は隊務従事中は忘れているが、時折あの一夜を過ごした女性の事が意識にのぼる。敗戦、復員後その女性を捜したい衝動にかられる。Mと知友関係にあった三好十郎を訪ね、心当たりの女性一五人の氏名と住所を教えてもらう。人捜しの遍歴が始まりその経過状況を一〇通の手紙形式で三好に報告する。（合間をぬって丸山追憶の言葉が顔を出す）。あの一夜は警報下の暗い部屋で、相手の顔も姿も名前もわからぬひとときであった。ただ裸の女の匂いだけはおぼえている。三好宅で出会った劇団の女優綿貫ルリと意気投合する。当時貴島は請負業黒田組の兄キ格で、縄張り争いから国友組の親分を斬り、身を隠す羽目になる。――生きる気力を失うなか、あの女に逢うことが生き甲斐と感ずるようになって行く。紹介された女性達に会っていく。最初はレビューダンサーの立川景子であった。往年の丸山の人柄と親切心を思い出し涙するのであったが、手掛かりなし、次々結果は同じであった。三好への報告には、沖縄戦の後遺症はじめ、風俗・ヤクザ世界・世情・ヤミ商売・シベリア抑留・農村事情・結核・性病・成金生活等々が綴られていた。雲をつかむような女捜し、絶望していた時フラッと最初訪ねた立川の所へ寄ったら、せき立てられて男のような女医の所へ案内された。面倒見ている患者の中に、「キジマツトムハ、キミヲシリマセン、…（中略）…カレハ、ジンセイヲシリ、カミトナツテ、シヨウテンスル、キミニ、シユクフクアレ、ココロカラ、アリガトウ　G」と書かれた原稿紙を持っている女がいた。――貴島は、気の許せる綿貫ルリと二人で、この無邪気であわれなような、しめつけられるような、それでいてなつかしいような、トテツもなく美しい姿に見えたりする、この女性タミ子をひきとり見守って行く。

「痴情」

戦時中、弟を扇動し戦場に追いやり、その婚約者を自分のものにしようと企む、元右翼の指導者で今ブローカーのボス田口を、姉のナツが刺殺する復讐劇。戦後の人道の退廃を鋭く抉り、社会を批判した作品。この報復と追及の精神は「殺意」、「清水幾太郎さんへの手紙[58]」、「美しい人[59]」へと続いていく。

四　映画

三好十郎映画作品一覧（原案・原作・脚色を含む）

映画題名	製作	封切年月日
疵だらけのお秋	新興キネマ（大泉）	一九三五（昭和一〇）年一一月二九日
母なればこそ	PCL	一九三六（昭和一一）年九月二一日
彦六大いに笑ふ	PCL＝東宝	一九三六（昭和一一）年一一月二一日
戦国群盗伝[60]（一部）虎狼	PCL・前進座＝東宝	一九三七（昭和一二）年二月一一日
戦国群盗伝（二部）暁の前進	PCL・前進座＝東宝	一九三七（昭和一二）年二月二〇日
地熱	東宝	一九三八（昭和一三）年二月一日
新編　丹下左膳　妖刀の巻	東宝	一九三八（昭和一三）年一二月二九日
新編　丹下左膳　隻手の巻	東宝	一九三九（昭和一四）年一月五日
幸福の窓	日活	一九四〇（昭和一五）年一月二七日

彦六なぐらる	南旺映画＝東宝	一九四〇（昭和一五）年三月六日
相寄る魂	新興キネマ東京	一九四一（昭和一六）年四月一七日
鷲ノ王峠	松竹下加茂	一九四一（昭和一六）年一〇月二五日
おスミの持参金	東宝	一九四七（昭和二二）年九月二日
斬られの仙太	東宝	一九四九（昭和二四）年四月五日
美しい人	ダヴィッドプロ	一九五四（昭和二九）年三月三一日
沙羅の花の峠	日活	一九五五（昭和三〇）年一〇月二一日
戦国群盗伝	東宝	一九五九（昭和三四）年八月九日
天狗党	大映	一九六九（昭和四四）年一一月一五日

不当な権力や暴力に対抗する市民の姿を描いて共鳴を得た「彦六大いに笑ふ」や、チャンバラ時代劇から変身した「戦国群盗伝」の登場は日本映画界に新風を吹きこんだ。特に後者では、①人民が群雄の餌食と見なされていた時代に、餌食にしてはならぬと考えた群雄がいたという事、②ヒーローを一人とせず視点を群衆においた事、③山野を駆ける騎馬武者を展開させ、動的画面を構成した事等で高い評価が与えられた。滝沢英輔監督のもとで助監督をつとめていた黒沢明が、後年この時のアイデアを存分に活用したのが「七人の侍」であり「乱」であった。

三好十郎は、詩作当時は勿論、劇作へ移行した後も、脚本料あるかなしかの貧乏暮らしであった。親友丸山定夫や製作者からの勧めもあって、ＰＣＬ（東宝）のシナリオライターになり、生涯はじめて、やっと生計上ゆとりをもてるようになった。
しかし、「深夜ひとり眠るとき、自分にむかって問わずにはいられなくなった、「三好十郎よ、お前は、幸福か……？」と。かえってくるのは、つねに、「ノオ！」という答えであった。自分は、不幸ではありたくない。幸福でありたい。それには、先ず映画の仕事をやめるべきだ、と結論が出る。……それでやめた。…（中略）…ビンボーにはなったが、身辺は静かになり、したい仕事ができるようになり、自分は幸福をとり戻した[61]」と。

五　ラジオドラマとテレビドラマ

ラジオドラマは単発一八篇と連続もの二篇があり、テレビドラマは二篇のみである。話題に事欠かない異色作・芸術祭受賞作等多いのだが、数篇について触れるにとどめる。

「やまびこ」（一九四七年一二月、NHK放送）

生涯で三好少年が母に会ったのは短時日に過ぎない。母への思いは深かったはずだ。作品のあちこちでその情感がにじみ出る。「唯物神」で、幼い六えむは「おっ母《カア》はどこだ」と探す。「三月吉祥天女」の像に向って、母が見えるとうたいかけ、愛深きが故に「疵だらけのお秋」で母をのろい、「鈴が通る」でシベリア抑留の子を思う老母を謳いあげ、「おさの音」で戦争で失明した次郎が母の面影を追い求める。この「やまびこ」で母と子の情愛を最高に描きぬく。戦災孤児国雄が岡の上から亡き母秀子へ「お母さーん」と呼びかける。その度にやまびこが返ってくる。夢に出てくる秀子は国雄をいとおしむ。醒めた国雄の前にはいつくしみ深い養母（伯母）おとせの顔がある。——国雄は初めて、やっと、「おか——」「お母さん」とおとせに呼びかけるのだった。

「願いごと」（一九五二年三月、ラジオ東京放送）

訪ねて来た若い女の人が、家に向かって、最初から最後まで「お願いします！」戸を「開けて下さい！」「お願いします！」。何の応答もない。隣り近所の人々が出てくる。通りがかりの人達が立ちどまり近寄って来る。若い女、浮浪少年、若い妻、夫、老人、中年男、学生一、学生二、少女が近寄ってきて、話が広がり、思いおもいの願いやら感想やら批判やらがかわされる。人は何を願うべきか？　この放送の四ヶ月後、「冒した者」が公演され、第三の道への願望が提起されていく。

「美しい人」（一九五三年四月～一〇月、ＮＨＫ放送）

戦中から戦後にかけての、最初の連続ドラマ。憲兵隊のデッチあげで刑務所入りした編集次長とその妻。学徒兵で特攻を志願し戦死する妻の弟、その弟の恋人。特にこの妻と恋人に当たる二人の女性が、健気にあるいは忍従に耐えて生きて行く。「ごく普通の人間のもっている強さ弱さ、良心や勇気、醜さと愚かさなどが、戦争と戦後の変転によってどんなふうにゆり動かされたかを、あるがままに迫ってゆきたいと思ったのである。別の言葉でいうなら、ただ人間を――戦争というものと関係させて、ただ人間を、私は書きたかった」と「美しい人」あとがきで書いている。

放送開始直後から、その時間帯になると、通りから人が消えたり、風呂屋が閑散となるほどの評判を呼んだ。筆者も学生時代の記憶があり、事実、小説体に書きかえられた第一巻の一二月発行が二三刷を数えている。

「破れわらじ」（一九五四年一一月、ＮＨＫ放送）

十郎少年が祖母と死別し、三日間の流浪と飢えの果て、辿り着いた伯母宅（木材売買兼土木業）での、木材運搬や土工達との汗仕事に題材をとった「音楽劇」[62]である。

大分日田の山奥に聞こえる「木挽歌」と、杉材切り出しのカーンカーンと響く鉞の音、健二と妹お花の仕事場。そこへお花が心を寄せる筏師仲蔵がやって来て、お花へのプレゼント佐賀土産の話になる。――深夜筑後川を佐賀へと下る筏の波音。佐賀で待つのは快活な五郎（モデルは十郎）。水あげが始まる。夜、仲蔵は五郎をつれて、なじみの柳町のお米《ヨネ》の座敷に上がり、三味で「博多節」をきく。――戦争、敗戦、五郎は今、東京上野の屋外労働者合宿所で「肥前」と名のり、病気の少女マキの面倒を見ている。マキが昏睡状態になっている。「ヤーレ　破れわらじと　おいらの仲は　すぐに切れそで　切れやせぬ　アー　チートコ　パートコ」と肥前が枕元でうたい出している（三好編曲の木挽歌）。

三好はみじめな少年時代であったことと、後ろを振り向かない性質とあわせて、過去の事柄を題材にした事はなかった。「今後はその方面のことも書いて行こうと思う」と述べているが、僅かに「捨吉」（一九五八年三月、NHK放送）のみに終ってしまった。

「樹氷」（一九五五年四月～八月、NHK放送）

「日本人の中でもことに純粋に日本人的な人間の生涯を書きたかった。それには戦争前から私の知っていた老農がそれに当るので、…（中略）…書いたのがこの作品である」と作者が記している。[63]

信州、小海線から山間に入った八ヶ岳の高原地帯から話は始まる。黒田博士の娘春子とたまたま出会った精農の柳沢金吾は、会った瞬間声も出ない程に惹きつけられる何かを感じ、ただ一人の女性へのひたむきなそしてひそかな愛とその守護を生涯かけて成就する。『葉隠』に「恋の至極は忍恋《シノブコイ》と見立て候。一生忍んで思ひ死する事こそ恋の本意なれ」とあるが、金吾はこれを実践した人物である。[64]

「獣の行方」（一九五七年一一月、NHKテレビ放映）

年の離れた兄正夫に育てられた鉄夫は、農水省の収賄事件にまきこまれ自殺した兄の死に不審を抱く。法事の晩、兄を尋問した元検察庁の諸口氏から、兄の無関係？　をほのめかす話を聞く。たまたま古い壺から兄の手帳が出てくる。兄を死に追いやったと思しき、若山、笹本、隈丸三人の名が明記されている。鉄夫は獣を求めて三人を次々と追いつめていく。しかし捕らえてみると獣ではなく人間であった。獣を仕留めようと構えてみたものの、「人間」を殺すわけにはいかなかった。ケダモノはどこかにいるはずだが[65]――。

六　評論・随筆

『三好十郎著作集』所載分を大まかなテーマごとに分類すると、演劇八一、映画一四、文芸四〇、一般（思想・政治・時事・言語・人生等）一二二、自己について二二、計二七九。『著作集』に収録されてないもの九九、「愚者の楽園」中、題名なきもの八三、その他不明なもの六、総計四六七篇に及ぶ。

評論集として出版されているものに、『恐怖の季節』、『日本および日本人』、『知識人は信頼できるか』、『新劇はどこへ行ったか』がある。[66]

三好は、言葉、表現、言論、意見、批判、評論について機会あるごとに論じている。「餅は餅屋」という言葉を引用して、「酒に就て論をなす餅屋が多過ぎるやうに思ふ。餅に就て上下する酒屋も多過ぎるやうだ。政治・文化・経済・生活等の各方面に於いて然り。…（中略）…年期を入れてない事に就て出しやばらうとする…（中略）…餅のことは餅屋から聞きたく、酒の事は酒屋から聞きたい」と書いている。[67]

「現在の言論の自由はよいことです。…（中略）…しかし、それと同時に、その言論がひどく無力になった[68]」と論じ、批評家と批評について、「彼等（批評家）の書く評論文が、ちかごろ、むやみやたらに、むづかしくなっている…（中略）…ごくやさしい事を言うにも、ひどくむづかしく言う。むづかしい事を言う時には、まるきりわからないように言う。それはまるで何かの病気のようです。…（中略）…誰に読ませるために？　誰に理解させるために？…（中略）…難解なことを読まされると、それが自分によくわからないと言う理由で、尚いっそうそのものを尊重するマゾヒスティックな読者が、かなり居りますから、それらに対する批評家たちの順応の現象だとも言えない事は無い」と述べている。[69]

編集者から、三好は他と違った視点論点から物事や人物をとらえるからと言って、評論や随筆を書くようにと依頼される。断るが、要望されて書くことになる。その時の批評する心理状態を、自身に即して次のように記している。

> 作品を書いている時には、気分がシットリして無理が無く、人間としてケンソンな気持ちでいられるが、評論を書いていると、ややともすると気持が高ぶって、自分がよいかげんカシコイ人間のような気がして来たり、自分以外の人はたいがいバカだと見えて来たりする。…（中略）…評論を書いていた時の自分が、人間としていかにアサマシイ状態になっていたかゞ振りかえられ、冷汗が出る。…（中略）…非常にイヤな気持ちのもので、実に不幸になってしまう。…（中略）…評論家の仕事や存在が、なにかしらイカガワシく思われることを避け得られません。[70]

四冊の評論集の中から二、三、特に『恐怖の季節』中の「落伍者の弁」と『日本および日本人』中の「清水幾太郎さんへの手紙」についても触れたかったが、本稿では割愛する。

【補記】三好十郎研究家である、宍戸恭一氏（京都・三月書房）の寄贈による三好十郎に関する膨大な資料が、佐賀県立図書館に所蔵されている。

《注》

一　詩とその周辺

（1）『三好十郎の仕事』第一巻、学芸書林、一九六八年七月一日刊、四〇〜四一頁および「手紙十一通の十」三八頁。

（2）『三好十郎の仕事』第一巻「奈良」四四〜四五頁。

（3）『三好十郎傳――悲しい火だるま』片島紀男、五月書房、二〇〇四年七月二八日刊、五一頁、神崎重雄の証言。

（4）『三好十郎の仕事』第一巻「日夏夫人（樋口そえ子）の手紙」四九七〜四九八頁。

（5）『三好十郎全詩集』永田書房、一九七〇年九月一五日刊、「唯物神」「Ⅲ　都会」の冒頭に、ブレイクの詩「ロンドン」の一節引用。—Marks of weakness, marks of woe—William Blake）八四頁。

（6）For Mercy, Pity, Peace, and Love Is God, our Father dear, And Mercy, Pity, Peace, and Love Is man, his child and care. "The Divine Image"

（7）My mother groan'd, my father wept, Into the dangerous world I leapt ; Helpless, naked, piping loud, Like a fiend hid in a cloud. "Infant Sorrow"

（8）『三好十郎の仕事』別巻「少年時代から」九〇頁、『三好十郎の仕事』第一巻「生涯からのノート」一四頁、『三好十郎の仕事』別巻「少年時代から」九五頁。

（9）『新興文学全集』第一〇巻「三好十郎集」「小伝」平凡社、一九二九年一月刊。

（10）『実存への旅立ち』西村博子、而立書房、一九八九年一〇月三一日刊、六三〜七六頁、二八五〜二八七頁。

（11）一九二五（大正一四）年一月、早稲田大学卒業直前『早稲田文学』に発表（結婚前）。

（12）一九二五（大正一四）年七月、『牧人』に発表（結婚後）。『三好十郎全詩集』一四〇〜一四二頁。

（13）一九二五年六月、『不死の女王』ライダー・ハッガード著。一九二六年二月、『イリアッド』ホーマー作。一九二六年七月、『バイロン伝』ジョン・ニコル著。一九二七年一一月、『世界最古の書籍』ジョン・ドリンクウォーター著。一九二八年一一月、『ピーター・パン』J・M・バリー著。

（14）一九二六年五月、『文章往来』に発表。

（15）一九二六年六月、『文芸行動』に発表。

（16）『三好十郎の仕事』第一巻「近代ゴシックと日夏耿之介」六五頁。
（17）注（9）で紹介した「小伝」。
（18）『昭和文学史』（下）角川文庫、荒正人他五人、角川書店、一九五六年一二月刊、六五頁。
（19）三好十郎が佐賀中学在校中、修身と美術の担当教師鶴清氣《ツルハルキ》より画才を認められ、一般人対象の美術展等にも特別出品させてもらうほどの厚遇を受け、十郎卒業と同時に退職した鶴教諭より贈られていた作品―「虹の松原よりひれふり山を望む」（四号）。（十郎は、この鶴教諭から修身の時間に「葉隠」の授業を受けている）。
（20）『三好十郎作品集』月報4「歩いてきた道」河出書房、一九五二年九月刊。『知識人は信頼できるか』三好十郎、東京白川書院、一九七九年四月刊、二二三～二二六頁。
（21）一九二八年五月、『左翼芸術』創刊号所載。
（22）『開拓者』ＹＭＣＡ機関誌4号、一九二四年。
（23）『テアトロ』一九三五年八月号所載。『三好十郎の仕事』第一巻「芝居らしくないものを」二七六頁。

二　戯曲とその周辺

（24）『昭和文学盛衰史』高見順、講談社、一九六五年三月八日刊、一一五～一一七頁。
（25）『新劇便覧』演劇雑誌「テアトロ」編集部編、九〇～九一頁。
（26）注（20）と同。
（27）『昭和文学史』「藤堂正彰所論」吉田精一他、至文堂、一九五九年、九頁。
（28）一九二七年、昭和金融恐慌で若槻内閣退陣。一九二九年、前年の張作霖爆殺事件の余波で田中内閣総辞職等、当時政変が続いた（小作争議とは関係ない）。
（29）『小説・私の三好十郎伝』大武正人、永田書房、一九六八年六月一〇日刊、一三五～一四二頁。大石フヂ（十郎の父方の叔母）の証言。
（30）『三好十郎の手帳』大武正人編、金沢文庫、一九七四年六月二〇日刊、一八～一九頁。『三好十郎――没後三十年記念展図録』（一九〇二～一九五八）早稲田大学図書館編、一九八八年五月一二日刊、一八～一九頁。
（31）『三好十郎の仕事』第一巻「斬られの仙太」二五八頁。

(32) 同前、一二六九頁。
(33) 『三好十郎の手帳』五〜一九頁。
(34) 『三好十郎の仕事』第一巻　一四二〜一五五頁、『三好十郎の仕事』第二巻　九〜一九頁。
(35) 『三好十郎覚え書』八田元夫、未来社、一九六九年七月一〇日刊、四三〜四四頁。
(36) 『三好十郎の手帳』一三〇頁。当時（一九四二年）の戦局――二月・シンガポール陥落、三月・スマトラ占領、五月・朝鮮徴兵制実施、六月・ミッドウェー沖海戦で大敗、米国反転攻勢に出る。
(37) 『小説・私の三好十郎伝』二五〇頁。
(38) 『三好十郎の手帳』一七〇頁。
(39) 一九四三年一二月より四五年二月までの手記で、当時本土決戦が唱えられていた。全員玉砕の言葉も真実味があった。「その時々」一二六枚の中の二九〜三〇枚目。
(40) 三好の手記（一九四〇年）の中に、松竹京都の渾大防五郎氏宛ての手紙に添えた映画シナリオ案五篇の控えが見られるが、その中に「赤絵始末」とあるのが「峯の雪」の原形。以上の事項は、『三好十郎の仕事』第二巻　川俣晃自「解説」四七八頁による。
(41) 桜井均＝桜井書店主回想を、「桜井書店と三好十郎の本」と題した大貫伸樹氏所論（『劇作家三好十郎』編集代表・山口謙吾、書肆草茫々、二〇〇八年一〇月一日刊、一二九頁）。
(42) 青山杉作演出「桜の園」（チェーホフ）、有楽座、一二月二六〜二八日。『昭和の新劇』茨木憲、淡路書房、一九五六年刊、二八九頁。
(43) 『演劇五十年史』三宅周太郎、鱒書房、一九四七年刊。
(44) 『世界評論』一九四七年五月号。
(45) 『風刺文学』一九四七年九月号。
(46) 『人間』別冊作品集、一九四八年六月。
(47) 『三好十郎傳――悲しい火だるま』二三〇〜二三一頁、三八一〜三八五頁。『三好十郎の仕事』第三巻「解説」川俣晃自、四九八〜四九九頁。
(48) 『中央公論』一九四九年四月号〜五月号。

(49)『群像』一九五〇年七月号。公式的上演なし。

(50)『群像』一九五一年九月号。一九五一年九月、民藝による初演（新橋演舞場）、好評につき、三越劇場その他で続演。観客十万人を動員。翌年五月、「炎の人」その他により、「読売文学賞」受賞。三好逝去二ケ月前に再演した「文化座」にとっても最も重要なレパートリーとなり、全国巡演も、一九六七年迄に一〇五回を数えた。

(51)九三行に及ぶ詩形式のエピローグ。これは、二三～二八行目の詩句である。さらに一部分を引用すると、…（前略）…／あなたの頭は時々狂つたが、／あなたの絵は最後まで狂わない。／…（中略）…／絵はあなたの理性であり、／絵はあなたの運命であつた。／運命のままに、あなたは燃えて白熱し、飛び散り、完全に燃えつきた。／…（中略）…／あなたは英雄では無かつた。／あなたは、ただの人間であつた。／人間の中でも一番人間くさい弱さと欠点を持ち／それらを全部ひきずりながら／けだかく戦い／戦い抜いた。／だから、あなたこそ／ホントの英雄だ！／…（後略）…

宇野重吉演ずる朗読は終わり、一瞬の静寂の後、万雷の拍手と化した。

(52)『群像』一九五二年八月号～九月号。一九五二年七月、民藝により初演（三越劇場）。一九五九年一〇～一一月、文化座により再演。二〇一三年九月、葛河思潮社再演。神奈川芸術劇場、吉祥寺シアター、松本市、仙台市、新潟市等巡演。

(53)『三好十郎の手帳』二九一頁を読むと、一九五〇年八月二六日夜、「砂川君」来訪、いきなり「僕、人を——」フィアンセ自殺のこと。その一切を聞き、強い感じを受け、あと、自分の考えをのべた。君がそうさしたのではない。原因はもっと他にある。両親、Sex-fobia 。「この中に描かれた事件や人物が実際において私の身近に起きた事件であり実在の人物……」『三好十郎の仕事』第三巻　三二六頁より引用。

三　小説

(54)翌一九三九年七月、戯曲「路地の奥」として前進座公演。

(55)『三好十郎の仕事』別巻　一一〇頁（元「独語風自伝」を書き変えたもの。小説に加えてもよい作品）。

(56)『三好十郎の仕事』第一巻　一二六～一四一頁。

(57)『三好十郎の仕事』別巻　一二七～二〇一頁（但し、一章～二六章までは梗概）。単行本は、早川書房、一九五二年刊。

(58)『三好十郎の仕事』別巻　二六三～二七八頁。

(59) 元々ラジオドラマの台本から小説体に書き直し、小説『美しい人』（一～三巻）として、一九五三年一〇～一二月、ダヴィッド社より刊行されている。

四　映　画

(60) シルレル作「群盗」の翻案で作られたのは久保栄の「吉野の盗賊」であって、三好十郎の「戦国群盗伝」はシルレルの「群盗」から離れた、創作である。従来よく混同されてきた。実情は、『三好十郎の仕事』別巻　四六八～四七〇頁の「『戦国群盗伝』のこと」という一文で明言されている。参考事項として、同五二一～五二二頁。

(61)『三好十郎の手帳』三九七頁。

五　ラジオドラマとテレビドラマ

(62)『破れわらじ』ラジオ・ドラマ新書、宝文館、一九五四年一二月二五日刊、一一三～一二四頁。

(63)『樹氷』下巻　ラジオ・ドラマ新書、宝文館、一九五五年一〇月一日刊、一一七頁。

(64) 心友で演出家の八田元夫に、三好は「『葉隠』など俺は知らん」（『三好十郎覚え書』八田元夫、未来社、一九六九年七月一〇日刊、一〇頁）と否定しているが、佐賀中学在校当時、美術教師で修身担当の鶴清氣（前出）より「葉隠」の講義をきいていて、その中の一つを生涯の座右の銘にしている。「修行に於いては成就といふ事なし、一生不足不足と思ひて思ひ死する所後より見て成就の人なり」（聞書第一）であったし、三好自身の若き日の失恋と「恋の至極」（聞書第二）と関係がある。三好は、その逆説に至るまで「葉隠」を知り尽している（戦時中、悪利用されたことを慮っての事であったろう）。

(65) この主題は未完の作品「神という殺人者」（小説体で一三〇枚、戯曲体で八一枚）への展開が推測される。

六　評論・随筆

(66)『恐怖の季節』作品社、一九五〇年刊、一一項目、二九七頁。『三好十郎著作集』第三九巻所載。『日本および日本人』光文社、一九五四年刊、一二項目、二〇九頁。『三好十郎著作集』第五一・五五・五七巻所載。『知識人は信頼できるか』東京白川書院、一九七九年刊、五章、二二九頁。『三好十郎著作集』第一〇・三五・五一・五五・五七・五九巻所載。『新劇

はどこへ行ったか』東京白川書院、一九八〇年刊、五章、二五四頁。『三好十郎著作集』第一六・二四・三五巻所載。

(67)『新劇はどこへ行ったか』三頁。「年期」『三好十郎著作集』第二九巻所載。

(68)『日本および日本人』二〇二頁。「口舌の徒」『三好十郎著作集』第五七巻所載。

(69)『恐怖の季節』「恐ろしい陥没」二三〇～二三一頁。『三好十郎著作集』第三九巻所載。

(70)『三好十郎著作集』第四四巻「東西文学者比較研究」一八～二九頁。

参考文献

『三好十郎著作集』全六三巻、各会報、三好十郎著作刊行会（監修・三好きく江）一九六〇年～一九六六年

『三好十郎作品集』全四巻、河出書房、一九五二年

『三好十郎の仕事』全三巻・別巻一巻（解説・川俣晃自）、学芸書林、一九六八年

『三好十郎詩集』九州大学三好十郎研究会編、一九六〇年

『三好十郎全詩集』永田書房、一九七〇年

『三好十郎日記』（復刻限定版）五月書房、一九七四年

『三好十郎の手帳』大武正人編、金沢文庫、一九七四年

『日本の詩歌』日本文学講座Ⅱ、日本文学協会編、東京大学出版会、一九五四年

『現代日本詩集』一九二七年詩集、叙情詩社編、抒情詩社、一九二七年

『全日本詩集』東亜学芸協会編、文書堂、一九二九年

『一九三〇年詩集』詩人協会編、アルス、一九三〇年

『一九三一年詩集』詩人協会編、アトリエ社、一九三一年

『現代日本詩集』一九三二年版、吉野信夫編、詩人時代社、一九三二年

『現代日本詩集』一九三三年版、吉野信夫編、詩人時代社、一九三三年

『現代日本詩集』一九三四年版、吉野信夫編、現代書房、一九三四年

『一九三四年詩集』内野郁子編、前奏社、一九三四年

『一九三五年詩集』内野郁子編、前奏社、一九三六年

『全日本詩集』一九三七年度、前田鉄之助編、詩洋社、一九三八年
『現代詩の流域』壺井繁治、筑摩書房、一九五九年
『わが青春の記』草野心平、オリオン社、一九六五年
『日本詩人全集』第七巻昭和編（2）、創元文庫、一九五二年
『プロレタリア詩の達成と崩壊』西杉夫、海燕書房、一九七七年
『プロレタリア文学史』「労農詩集」山田清三郎、理論社、一九五四年
『日本プロレタリア文学大系』（2）編集代表・野間宏、三一書房、一九六九年
『日本解放詩集』壺井繁治・遠地輝武共編、日本詩人刊行会、飯塚書店、一九五〇年
『日本の詩歌』（12）（20）（21）中央公論新社、二〇〇三年
『明治浪曼文学史』日夏耿之介、中央公論社、一九六八年
『昭和文学史』（下）角川文庫、荒正人他五名、角川書店、一九五六年
『昭和文学十二講』荒正人他、改造社、一九五〇年
『文学五十年』青野季吉、筑摩書房、一九五七年
『近代日本の文学史』伊藤整、光文社、一九五八年
『敗戦前日記』中野重治、中央公論社、一九九四年
B. IFOR EVANS, A SHORT HISTORY OF ENGLISH LITERATURE, Penguin Books
『ウィリアム・ブレイク研究』大熊昭信、彩流社、一九九七年
『近代神秘説』フランシス・グリーアンス著、日夏耿之介訳、牧神社、一九七六年
『比較文学辞典』増訂版、松田穣編、東京堂出版、二〇一三年
『エリオット全集』（4）訳者代表・平井正穂、中央公論社、一九六〇年
『ウィリアム・ブレイクの研究』竹島泰、篠崎書林、一九六一年
『イギリス・ロマン主義事典』松島正一編、北星堂書店、一九九五年
『イギリス文学史』朱牟田夏雄他三名、東京大学出版会、一九五五年
『新興文学全集』第一〇巻「三好十郎集」「小伝」平凡社、一九二九年

『英文学に於ける浪漫主義』大和資雄、研究社、一九五一年
『恐怖の季節』三好十郎、作品社、一九五〇年
『日本および日本人・抵抗のよりどころ』三好十郎、光文社、一九五四年
『破れわらじ』三好十郎、宝文館、ラジオ・ドラマ新書、一九五四年
『樹氷』上下巻、三好十郎、宝文館、ラジオ・ドラマ新書、一九五五年
『小説・私の三好十郎伝〈孤絶よりの出発〉』大武正人、永田書房、一九六八年
『三好十郎覚え書』八田元夫、未来社、一九六九年
『実存への旅立ち・三好十郎のドラマトゥルギー』西村博子、而立書房、一九八九年
『三好十郎―没後三十年記念展図録―』早稲田大学図書館編、一九八八年
「夜の道づれ」三好十郎、『群像』一九五〇年二月号
「殺意―ストリップショー」三好十郎、『群像』一九五〇年七月号
「この人・三好十郎」大武正人、『佐賀新聞』一九六五年八月～一〇月
『炭塵・疵だらけのお秋他』三好十郎、中央公論社、一九三一年
『葉隠』山本常朝・田代陣基・神子侃編訳、徳間康快、経営思潮研究会、一九六四年
『葉隠入門』三島由紀夫、光文社、一九六七年
『死に至る病』キェルケゴール、斎藤信治訳、岩波文庫、一九六六年
『美しい人』全三巻、三好十郎、ダヴィッド社、一九五三年
『葉隠研究』四五号、葉隠研究会、二〇〇一年
『現代日本戯曲大系』全一四巻、三一書房編集部、一九七一年～一九九八年
『新劇年代記』全三巻、倉林誠一郎、白水社、一九六六年～一九七二年
『演劇年表』上・下、藤田洋、桜楓社、一九九二年
『日本演劇史年表』早稲田大学坪内博士記念演劇博物館編、八木書店、一九九八年
『日本演劇百年のあゆみ』川島順平、評論社、一九六八年
『日本戯曲初演年表』（一九四五年～一九七五年）日本劇団協議会編、大笹吉雄監修、あづき出版、二〇〇三年

『日本現代演劇史』全八巻、大笹吉雄、白水社、一九八五年~二〇〇一年
『近代日本総合年表』第四版、岩波書店、二〇〇一年
『ＯＵＲ　ＴＩＭＥＳ20世紀（一冊一〇〇年）』角川書店編集部編、筑紫哲也監修、ＣＮＮターナー社日米共同出版、角川書店、一九九八年
『世界史総覧』東京法令出版、一九九四年
『詳説日本史史料集』山川出版社、一九八九年
『新選　日本史Ｂ』東京書籍、一九九四年
『昭和時代年表』中村政則編著、岩波ジュニア新書、一九八六年
『現代日本文学全集』50、筑摩書房版、一九五六年
『昭和文学全集24・昭和戯曲集』角川書店版、一九五三年
『昭和文学史』吉田精一、至文堂、一九五九年
『昭和文学盛衰史』高見順、講談社、一九六五年
『新劇便覧』「テアトロ」編集部編、一九六五年
『ＮＨＫ放送劇選集』第三巻、日本放送協会編、一九五五年
『現代知性全集』37、「荒正人集」日本書房、一九六〇年
『日本演劇』「三好十郎論」佐佐木隆、一九四九年
『現代史の視点』宍戸恭一、深夜叢書社、一九八二年
『三好十郎との対話』宍戸恭一、深夜叢書社、一九八三年
『三好十郎傳——悲しい火だるま』片島紀男、五月書房、二〇〇四年
『泣かぬ鬼父三好十郎』三好まり、東京白川書院、一九八一年
『昭和の新劇』茨木憲、淡路書房、一九五六年
『新劇への道』木下順二・岡倉士朗共編、東都書房、一九五七年
『劇場への招待』福田恒存、新潮社、一九五七年
『新劇・愉し哀し』宇野重吉、理論社、一九六九年

『三日間』「をさの音」三好十郎、桜井書店、一九四三年
『胎内』「猿の図」三好十郎、世界評論社、一九四九年
『炎の人―ゴッホ小伝―』三好十郎、東京白川書院、一九八一年
『女優二代』大笹吉雄、集英社、二〇〇七年
『新劇・その舞台と歴史１９０６→』菅井幸雄、求竜堂、一九六七年
『戦後演劇の手帖』尾崎宏次、毎日新聞社、一九六八年
『演劇百科大事典』早稲田大学演劇博物館編、平凡社、一九六〇年
『劇作家三好十郎』編集代表・山口謙吾、書肆草茫々、二〇〇八年、
『新劇はどこへ行ったか』三好十郎、東京白川書院、一九八〇年
『知識人は信頼できるか』三好十郎、東京白川書院、一九七九年
『演劇五十年史』三宅周太郎、鱒書房、一九四七年
『日本劇映画総目録』朱通祥男編、永田哲朗監修、日外アソシエーツ、二〇〇八年

解説執筆者紹介

山口謙吾　やまぐち・けんご

略　歴　一九三三年　佐賀県鹿島市に生まれる
一九五一年　駒澤大学文学部英米文学科入学
一九五四年　劇団戯曲座に入る
一九五五年　駒澤学園女子高等学校教諭
一九九三年　佐賀県立高等学校退職、後「戯曲研究会」主宰

編著書　「わが青春・三好十郎」『交叉点で 佐賀九人散文選集』書肆草茫々、二〇〇六年
「三好十郎、戯曲座からの回顧」・作品解題・年譜等、『劇作家三好十郎』編集代表、書肆草茫々、二〇〇八年

Ⅱ 回想

復刻出版に際して おもいだすこと

三好まり

昭和三三（一九五八）年一二月一六日午後六時五八分、自宅書斎で死去。

父が亡くなった。

自宅の近所に、ＮＨＫに勤めていた方の奥さんが、「ニュースでお父上の亡くなった事放送します」と知らせて下さった。

　これが父の死を告げる第一報だった。


それから続々と、人々が次から次へと我が家に集まってきた。

書斎の中はごった返していた。

だれが言い出したのか、父のデスマスクをとろうという事になり、父の顔に白い石膏が塗られ、デスマスクが出来上がった。私に見せられた石膏像に父の細い毛が一本ついていた。

あァー、やっぱり父は死んだのだとその時、思った。

父の死を知った人々が集まりだした。

古い友人、演劇界の人達、父の芝居に出た俳優達、作品の愛読者、新聞記者など、何人の人達がやってきただろう。

さむいさむい日々だった。

私は涙も乾き、声も出なくなった。

師走の鈍色の空を眺めながら、これからの自分がどうやって生きてゆくのか、ただ、父がいなくなったという事だけが、ボンヤリと頭の中にあった。


父の死の喧騒が、どうにかおさまった。


元気な頃の父の書斎には、いつも来客がひっきりなしだった。午前中は執筆中なのを知っている新聞記者、雑誌記者達は、ちょうど昼の時間を狙って父を訪ねてきた。なかには自分の原稿を持ちこんでくる人、人生相談にやってくる人等、とにかく来客の多い書斎だった。

その中に、はんこ屋がいた。どういうわけで父の所に出入りしていたのか当時の私には知る由もなかったが、この男が傷痍軍人となった頃、母と二人彼の病院にお見舞いに出かけた記憶がある。


今まで会った事もない人達がやってきて、書斎の中をいじくりだしたのを見て、原稿、絵、書籍等が散逸しないようにしなくてはと忠告してくれた人がいた。そして一人の男が、生原稿、写真類、絶筆の原稿等、すべての資料をまとめる事に専念しはじめた。この時の資料整理が、後の十郎研究の元になっている。年表、作品年譜、戯曲、随筆、評論、詩作、放送ドラマ年表等、三好十郎目録を作った。この男が後に私の夫となった白木茂である。

だいたいの事が落ち着きだした頃、だれが言いだしたか「十郎会」ができ、毎月一六日になると人々が集まっていたが、数ヶ月でこの会も消滅した。

昭和三四（一九五九）年一一月、文化座が追悼公演として、「冒した者」を都市センターホールで上演した。「冒した者」の公演に際して、文化座は白木茂の協力を得てパンフレットを作成した。このパンフレットを「おかパン」と称して後になっても多くの人達が利用したのであった。表紙の絵と「三好十郎を偲ぶ」という文字は、生前父が尊敬していた麻生三郎氏が描いて下さったものである。追悼文を寄せて下さった方は六四名になる。順不同で書いてみる。

佐々木孝丸、神崎重男、坂井徳三、八木隆一郎、堺誠一郎、佐々木踏絵、中村翫右衛門、滝沢英輔、浜村純、阿木翁助、桜井均、戸板康二、辰巳柳太郎、中川忠彦、尹紫遠、梅本重信、八代信子、秋田雨雀、川俣晃自、河村久子、近江浩一、荒正人、菊地侃、壷井繁治、和田勝一、薄田研二、千秋実、伊馬春部、水谷八重子、大山功、小沢不二夫、霜川遠志、佐々木隆、島田正吾、山口淳、鶴丸睦彦、岩淵東洋男、石崎一正、藤森成吉、鈴木光枝、名和寛二、遠藤慎吾、高見順、坂井米夫、阪田英一、八田元夫、高橋とよ、山本安英、河原崎長十郎、木村荘十二、市川翠扇、竹久千恵子、内田吐夢、山形勲、押川昌一、大武正人、三枝佐枝子、大橋喜一、久板栄二郎、伊藤寿一、安藤鶴夫、荒木玉枝、田中千禾夫、村山知義

この「おかパン」の中には、我が家にあった十郎の写真二〇枚、舞台写真約二〇枚、映画の写真数枚が載っている。短期間の編集にもかかわらず、これだけ多方面にわたる方々が文章を寄せて下さったこの「おかパン」は、当時の私にとって得がたいものであった。

この「おかパン」が、後になって数回の父の展覧会が開かれる度に、また出版物、芝居の上演のパンフレットを作るたびに重要な役目を果たした。

父の全集を出版して欲しかったが、大手の出版社はどこも「戯曲は売れない」と鼻も引っ掛けてはくれなかった。

なぜだろう？厳しい作品が多いからか。難しい作品が多いからか？父が心血を注いで書いた戯曲が一般に受けないからか？

私にはわからない事だった。

十郎会もなくなり全集の出版も消えてしまった頃、ガリ刷でもいいから先生の全集をという声が起きたのだった。

「ガリ刷」とは、考えようによっては父らしいのかな等と、簡単に考えていた私だった。

父の生前我が家に出入りしていたはんこ屋が、ある時から来なくなった。当時は本の出版の時、必ず印を押さなければならなかったので、父ははんこ屋に印を頼んでいたのだったが、父の印と三好達治氏の印を間違えた事があってから、父ははんこ屋の出入りを禁じた。

しかし、このはんこ屋は父の死後、我が家に当たり前のような顔をして出入りし、父の著作物にも手を出しはじめていた。

何人かの父のまわりの人達は、彼のやり方に愛想を尽かして去っていった。

「ガリ刷」はこうやって発足していったのである。まだこの当時は「ガリ刷」といって、鉄筆で一字一字を手書きにする印刷物があったのだった。

ガリ刷の著作集は少しずつ進んでいった。

彼の手によって父の「日記」「詩」が出版されたが、いっさい私には相談はなかった。

「奥さん、奥さん」と母のご機嫌をとり我が家に出入りする彼の姿が頻繁になっていった。

私は結婚するため、家を出た。大学四年生だった。

私という邪魔な人間がいなくなり、母ははんこ屋のいいなりだった。世間知らずでお人好しの母は、寄りかかる大樹がなくなり、相談相手も自分の目の前からいなくなった寂しさからすべてを彼に頼りきった。

芝居の上演の許可、わずかながらの出版物の許可等々を母は彼にすべて委ねたのだった。

この間、ガリ刷の著作集ははんこ屋一人の手によって作られていった。演劇関係者に売りつけたともいえるような形で出版を続けた。

手書きのガリ刷は、ある時はいい加減な書き手がやったり、年中書き手が変わっていた。

この六三巻をどういう順で出すか、相談する人達も彼のやり方に愛想を尽かして、一人また一人といなくなっていった。

父の著作物すべてを独り占めしたと彼はいい気になり、対外的（劇団の人）にも、まるで自分が三好十郎だと言わんばかりの態度をとっていった。どの劇団も、芝居の上演の許可を得るために彼に会わなければならない、という事になっていったのだ。

まるで十郎本人のような彼の態度に、演劇関係者は嫌な思いをしたと、後になって何人もの人達に聞かされて、大変な事になったと思った。

私がたまに我が家に帰ると、母は嫌な顔をした。「はんこ屋さんが、はんこ屋さんが」と言う母は、心から彼を信じている様子だ。

ガリ刷の著作集がボチボチ出来上っているのを見ても、私は黙っていた。

母は私の言う事より、彼の言う事の方を信じていたのだった。

父の著作権を私物化している彼のある事に気が付いた。

ちょうどその頃、我が家が土地を借りていた地主が亡くなり、我が家の近辺の土地一帯を国に納めたいとの話が持ち上った。この話をどこで聞いたのか、はんこ屋が我が家の土地を乗っ取ろうとしたのが分かったのだ。

私が気付くのが遅かったら、我が家は無くなっていた。

夫の白木が乗り出してすべて解決し、家屋敷、土地は無事だった。


初めの頃は善意でやってくれていた事が、時が経つにつれて三好十郎研究家だというのが世間に知れ渡ってゆき、目の前の本当の事が分からなくなっていったのだろう。

父の芝居がはんこ屋の許可を得て上演された事が何度あっただろう。まるで十郎自身になったように傲慢に振る舞っていた彼との出来事を、後に私に話してくれた演出家に会った時、私は本当に恥ずかしかった。

著作権という大切なものを、私物化して良いものだろうか。

芝居の上演が行われた会場には、彼の大きな態度があったそうだ。


土地の事があってから、私は母を叱った。はんこ屋に、これからは一切父の著作の事には関わらないでほしい。三好家とは一切付き合わないでほしい。父の著作物を持っていたら全部返してほしいと申し入れた。

彼からはなんの返事もなかった。

演劇雑誌に、三好十郎の著作に関して彼とは一切関わりのない事を載せてもらった。


この事があった後、父の著作権は私がしっかりと管理することになった。

芝居の上演の度に演劇人に会う事は、とても苦痛だったが、しかし優れた演劇関係者に会うことが、だんだん楽しみになっていった。彼等との出会いから様々な事を学んだ。

旧友の演出家に言われた。「よかった。先生の著作権があなたに戻って。これが本当なんだ」と。

しばらくして、またまたとんでもない事を聞いたのだった。

はんこ屋が出入りしている頃、ある人を通して父の絶筆の生原稿「神という殺人者」を、母にも黙って持ち出していたのだ。この事を頼んだのは父と同時代に生き、劇作家として有名な人だった。未発表の父の絶筆の原稿を読んだこの劇作家は、すぐに作品を書き、ある劇団が上演した。

どんな風に参考にしたか私は知りたくもないが、驚いた。

五六年の生涯、血を吐くようにして作品戯曲を書き続けた父の最後の絶筆を、簡単に人に持ち出させた劇作家がいるなんて本当に、本当に信じられなかった。

「神という殺人者」を持ち出させて読んだ劇作家の作品に、どんなヒントを与えたのか。ある作品をヒントにものを書くという事はよくあるだろうが、絶筆の生原稿を持ち出させた彼のやり方は、私には許しがたいのだ。

六三巻のガリ刷の著作集の事は、こんな事があったので忘れたかった。

しかし、「先生の作品を読みたくても、出版されている本がないので残念だ」「あちこちの図書館に問い合わせてもないので困ってしまう」等と、何度も聞かされてはいた。

何年か前、この六三巻を持っている人が「いくらお金を積まれてもこれは絶対に手放さない」と言っているのを聞いた。

おそらく、この全巻を揃えて持っている人は、あまりいないと思う。

「私は三巻持っている」「全部は持っていないけど、貸したものがあるのだが戻ってこない」等と聞かされていた。

この六三巻を計画し始めた時、好意でガリ刷を求めてくれていた人達が、どんどん少なくなっていったようだ。はんこ屋のやり方に反発を感じた人が多数いたことになる。

だいぶ経って六三巻が全部出来上がり、はんこ屋との関係を切った時、演劇学の大学教授が父の物の整理をしたいと我が家に泊まり込みでやってきた。彼女はいくつかの論文を書いた。彼女と一緒に操さん（操さんとは、父の最初の妻で「浮標」のモデルの女性である）のかつて勤めていた成女学園にも行った。操さんの事がはっきりとしてきたのだった。我が家にあった操さんの写真等が日の目をみたのだ。

自分の足と目で操さんの事を調べた日々は、私にとって一番彼女に近づいた日であった。

成女学園に出かけてから、操さんと同時期に先生をしていた方がわかり、私は文通をして操さんの事を知った。

「体調のわるい操先生を朝、おぶって御主人がやってきて、下駄箱の所で操先生をおろして、授業が終わる頃、お迎えにみえていました。本当に仲のよい御夫婦でした」と手紙にあった。

操さんと父との関係は、戯曲「浮標」に書かれているように、熱い熱いものであったのだろうと、私は操さんの写真を見る度に、父の愛の深さをおもう。

昭和六三（一九八八）年五月、「没後三十年記念」として、早稲田大学図書館主催による三好十郎展があった。

大隈記念室（七号館二階）での展覧会は、図書館の熱心な七人の方々の協力と白木茂の調べた図録、著作目録、年表が元になったのは、もちろんの事だった。

立派な図録も出来上がり、早稲田の学生達も、姿を見せてくれた。

ある日、思いがけない人がやってきた。

菅原文太さんだった。彼の父上と十郎とが早稲田大学文学部の時、大変仲良しだったとの事で、訪ねて下さったとの事。

菅原文太さんが早稲田の学生の頃、我が家を訪れた事を話して下さった。

早稲田大学時代、父と文太さんのお父上とは非常に仲が良かった事、十郎さんの顔を描いた絵を自宅で見た事があると話して下さった。文太さんのお父上は絵描きとして仕事をなさったようだ。

しばらくして、米国に留学していた息子一郎から手紙がきた。

「メリーランド大学の図書館におじいちゃんの本がある」

え、なに?なぜアメリカの大学の図書館に父の著書があるの?

「本当?」なんだかよくわからない。

そして、息子の卒業式にメリーランド大学へ行く事になった。

卒業式に列席したが心ここにあらずという気持ちだった。

すぐ図書館に連れて行ってもらい、司書の女性にお会いした。日本人の年配の方だった。

すぐ書庫に案内して下さった。広い、暗い書庫だった。

メリーランド大学のマケルデン図書館、東アジア部門の「ゴードン・プランゲ・コレクション」の中に父の初版本、『崖』昭21、『廃墟』昭22、『獅子』昭22、『その人を知らず』昭23、の四冊があったのだ。一冊一冊手にとってみると、思っていたとおり×××（伏字）が並んでいた。

専門に研究していらっしゃる袖井林二郎氏にお教え願った。

これはＧＨＱの民間検閲局（ＣＣＤ）が、終戦直後の日本のすべての出版物を検閲し、占領が終わった時に廃棄するはずだったものを、プランゲ博士がもらいうけ、自分が奉職していたメリーランド大学へ納めたという事であった。

この「ゴードン・プランゲ・コレクション」として公開されるようになったのは、ここ二〇年程であると袖井氏はお教え下さった。

「たいがい一人一冊か二冊なのに四冊とは多いですね」と袖井氏はおっしゃった。

日本の地方で発行されていた壁新聞までが書庫にあった。

「あなたのお父上の著書があと一、二冊あったと思いますが…」司書の女性は言った。

この司書の人と文通をしていたが、亡くなってしまったので、残念である。

時間があれば日本の出版物を全部見たかったのだが、それは無理だった。

息子が父の著作本を見つけてくれなかったら、私はアメリカの地に父の本がある事など知らなかっただろう。

このプランゲコレクションに、これ以後、日本の研究者達が訪れている事を新聞で知った。

昭和二三年の「その人を知らず」の上演の事件の事は、人づてに聞いていた。

三越劇場新劇祭として行われたのだが、ＣＩＥ（アメリカ占領軍民間情報教育局）に提出した台本が検閲にひっかかり、上演が危なくなった。

クリスチャンの青年が兵役を拒み投獄され、「どんな理由があっても、人間と人間が殺しあう戦争だけはもうやめて下さい。アメリカ、ソ連にお願いします」と訴える。

こういう作品が占領下であるこの時に、ＣＩＥは認めなかった。

劇団の人達は、あちこちに後援を頼みまわった。ＮＨＫの中継も出来ない事になった。

父は「どんな形にされても上演出来ればいい」と、いつもはしない、場面をかなり書き直してやっと上演がされた。

この芝居を見た演劇評論家の安藤鶴夫さんが、翌朝のＮＨＫ「市民の時間」で、「敗戦後出るべくして初めて出た創作劇、日本人は、ぜひ見るべきだ…」と放送した。この事によって、観客は行列するほど大入りになったといわれている。

この事を知ったのはだいぶ経ってからのことであるが、父亡き後、父の書棚を整理していると、この「その人を知らず」のモデルとなった人の事を書いた数冊の本を見つけた。

実在の人だったのである。

私は何度も何度も読み返した。

片島紀男さんとの出会い。

二〇〇〇年六月二二日、劇団民藝の俳優滝沢修が亡くなり「お別れする会」をＮＨＫの片島さんが取材し、父の戯曲「炎の人」で、ゴッホを演じた滝沢さんとの関係で、父の事をＥＴＶで取り上げる事になった。

この取材のため、私も彼とカメラマン二人と一緒に佐賀に出かけた。

父の生家らしき跡、少年十郎が、泳いだり遊んだりしたと思われる川べり、麦畑等々を精力的に撮影していたが、私はウロウロと後をついていくだけだった。

ＥＴＶ特集二〇〇一シリーズ「吉本隆明がいま語る・炎の人三好十郎」（戦前編「社会的リアリストの苦闘」戦後編「知識人としての自立」）である。（放送・四月二三、二四日、撮影・松原武司、編集・樫山恭子、朗読・鈴木瑞穂）

ＮＨＫの優れたドキュメンタリーのディレクターである片島さんの作品なのだから、すぐ放映されると期待していたが、なかなか放映されなかった。ＮＨＫの上層部の人達が、三好十郎という事で、なかなか放映の許可を出さなかったのだと、後から聞いた。

反響は大きかったようだ。

このＮＨＫのドキュメンタリーの放映が終わってまもなく、片島さんが父の事を執筆しているのを知った。そうして『三好十郎傳　悲しい火だるま』が出版された。

二〇〇四年七月二八日に、六〇〇頁にもなる本が出版されたのだった。

本格的な父の評伝が今まで無かったので、私はうれしかった。半年近くかけて書き上げて下さった本を片手に、私はこの本の題名の不思議さを思った。

「悲しい火だるま」、何度も言っているうちに父の姿が現れてきたような気がした。

この言葉は吉本隆明さんが父の事を評して言った言葉である。

「悲しい火だるま」とはどういうことかと片島さんが聞くと、吉本氏はこんな話をしてくれたそうだ。

太平洋戦争の末期、東京上空に米軍のＢ29が飛来した。その巨大な敵機に向かって日本軍の小さな戦闘機が果敢にも挑みかかる。しかし次々に撃ち落され、それが火だるまになって落下していった。三好十郎の生涯を思い浮かべると、あの時の光景が思い出されるという。この言葉を聞いて、片島さんは父の生涯とその闘いの足跡を追ってみたいと思い、執筆を決意したそうである。

平成一三（二〇〇一）年、佐賀市立図書館・佐賀県立図書館共催で「生誕九十九年 三好十郎里帰り展」が開催された。

ふるさとを心の底では恋しく思っていた父が上京して以来、一、二度は佐賀に帰ってはいたらしいが、みなし子として親戚中をたらい回しにされたふるさとを訪れる事はなかった。

佐賀の人々も、三好十郎の名を知っている人は少なかったのだが、片島さんが動きだしたのと同時に、佐賀女子短期大学の横尾文子さんが動いて下さり、里帰り展は成功だった。

中学時代に使っていたと思われる粗末な本箱を、片島さんが十郎の親戚の家で見つけて下さったこと、横尾さんが十郎中学時代に描いた絵を見つけて下さったことは、思いがけないことだった。

この水彩画は、大木の楠と石垣を描いたものであったが、父がどれほど絵描きになりたかったかと、この絵を見た時、涙がとまらなかった。

絵の指導をして下さった先生にかわいがられても、孤児となって親戚に養われている身では絵の具一つ買えなかっただろう。

父の事を語る時、決して忘れてはならない方がいる。

京都におられる宍戸恭一氏だ。京都の地に宍戸さんがおられるという事だけで、私はいつも背中を押され、ちゃんとしていなくてはと思っている。お会いしたのは数年前だったが、やさしい口調の京都弁は、心に沁みた。

お書きになる事は鋭く、父の事を本当にわかって下さっている文章に、私はいつも生きていた父と宍戸さんを会わせたかったと思った。

父の芝居を京都で宍戸さんと並んで観た事があったが、あまり感想はおっしゃらなかったけれど、父の事を真からおもって下さっている事がわかり、私は泣きだしたくなったのを憶えている。

のちに宍戸さんが持っていらした父に関する著書蔵書のすべてが、佐賀の県立図書館に寄贈された。父は佐賀にいる。県立図書館の方々が大切にして下さっているのを知っている。

十郎没後五〇年を記念して記念誌が発行されたのが、平成二〇（二〇〇八）年一〇月だった。

山口謙吾さんが中心となり、佐賀県立図書館にある資料、宍戸恭一さん、片島紀男さんより寄贈された資料を元にし、佐賀在住の文学者、新聞社論説委員、作家、詩人等々が執筆して下さり、山口さん制作の作品解題、著書、著作目録、年譜等は非常に重要で、詳しいものが出来上がっている。

この『劇作家　三好十郎』を記念して、佐賀清和高校の演劇部が「やまびこ」を公演した。

ラジオドラマ「やまびこ」は一九四七年、ＮＨＫラジオで放送。四八年『日本演劇』に掲載。一九七二年「文化座」上演。

女子校の演劇部がどんな風に「やまびこ」を演るのか、私は興味津々で観せてもらった。

戦争の事など何一つ知らない、農家の生活などを知らない女学生達は、一生懸命だった。こんな戯曲を書いた三好十郎という男が、佐賀にいたということを知ってくれたらとおもった。

この『劇作家　三好十郎』の本は、芝居をする人達が欲しがる。

父が亡くなって五六年の月日が過ぎた。

何回父の戯曲が上演されたのだろう。

私は出来る限り、劇団の制作者、演出家、俳優達にお会いしてきた。私の理解出来る範囲の父の事を話してきたつもりだ。

私が父の作品のすべてを理解出来ているとは思ってもいないが、私の知っている限りの父の事をうったえてきたつもりだ。

「ぼくは三好十郎が好きだ！」と涙をためて私にささやいた演劇人。「三好十郎の日本語に目が覚めるおもいだ」「あの戯曲、この戯曲、あれもこれも三好十郎を演りたい」と若い演劇人が言っているのを聞くと、私は、父は生きているんだと、心の奥で叫んでいる自分に気付く。

山口謙吾さんとの出会いは、佐賀で三好十郎生誕九九年を祝う会でお会いした。

山口さんが戯曲座にいた人だったと、かすかな記憶の中にはあったのだが、初めてお会いしたような気もした。戯曲座にいた山口ですと名乗られてわかった事があった。かつて「女学校の先生をしている人がいるよ」と父は私に言ったことを思い出した。戯曲座の事はあまり好きではなかったし、聞いた事も忘れ果てていたのだった。

山口さんの奥さんが、私が佐賀に行くという事を新聞で読んで山口さんに伝えて下さり、市立図書館での集まりに来て下さって、はじめて彼にお会いしたのだった。

それからのお付き合いが始まったのだ。

誠実なお人柄の彼は、私が知らない父の戯曲座でのことば、言動等を時々教えて下さった。

佐賀での父の芝居の上演があればお会いできたし、御夫婦で焼きものの里、伊万里に連れていって下さったりした。

東京や関西で父の芝居の上演があれば、かならず御夫婦でとんできて芝居を観て下さった。

舞台を観る度に俳優に手紙を書き、彼らを励ましている山口さんを知ると、父の事を心の底から理解している人が目の前にいるのだと、私はいつも感謝している。

ガリ刷の全巻を持っている人はおそらく数人だろうし、ほとんどの人々は亡くなっているので数冊あるとしても、いつのまにか無くなっていることだろう。

この六三巻を見出し、復刻をすすめて下さった方がいらした事を聞いた時は、耳を疑った。そして父の著作物、生原稿、油絵等を寄贈してある早稲田大学稲門ライブラリーに出かけた。

それは大切に保管されていた。六三巻はずっしり重かった。

父と向かい合った気がした。

父をおもい久しぶりに早稲田のキャンパスを歩いた。若い学生達をみながら若き日の父に出会いたかった。

ガリ刷六三巻が復刻され、若い演劇人達が読んで下さり、一つでも戯曲が上演されるきっかけになるといいと思っている。

ガリ刷を復刻するという面倒な事をやって下さる出版社の方々に、感謝の気持ちでいっぱいだ。

二〇一四年初秋

まり

Ⅲ　総目次

『三好十郎著作集』総目次・凡例

一、仮名遣いは原文のままとし、旧漢字は新漢字に、異体字は正字に改めた。

一、＊印は編集部の補足であることを示す。

一、表題は基本的に本文に従った。副題及び小題は——（ダッシュ）の後に記した。

一、原本に頁数の表記がない場合は（　）を付した。

（編集部）

第一巻　一九六〇（昭和三五）年一一月八日

前付3－44

戯曲　峰の雪　　　　　　　　　　　　　　　3－44
「峰の雪」に関するノート　　　　　　　　　45－48
小説　神という殺人者　　　　　　　　　　　(49)－87
戯曲　神という殺人者　　　　　　　　　　　(89)－113
ノート　神と人との間――神という殺人者　　114－127
創作ノートについて　　　　　　　　　　　　128
後記　　　　　　　　　　　　　　　　　　　129

第二巻（＊再版）　一九六六（昭和四一）年三月二三日

好日（一幕）　　　　　　　　　　　　　　　1－67
おりき（一幕）　　　　　　　　　　　　　　69－116
あとがき　　　　　　　　　　　　　　　　　(117)

第三巻　一九六〇（昭和三五）年一一月二六日

評論・随筆篇一

小伝　　　　　　　　　　　　　　扁舟子　　1
（＊後文）
百姓吾八の言葉　　　　　　　　　　　　　　2－4
芝居のこと一二三　　　　　　　　　　　　　4－8
ドラマとテアトル――純文学と大衆文学　　　9－14
打砕かるゝ人　バルザック論(2)――バルザッ
クに関する、又は関しない感想のつゞき　　　14－27
未だ答へは否定的だ――同人雑誌四月号創
読後　　　　　　　　　　　　　　　　　　　27－37
俳優を捜す　　　　　　　　　　　　　　　　37－41
自分の事その他　　　　　　　　　　　　　　41－47
新劇時評　　　　　　　　　　　　　　　　　47－51
老大家達　　　　　　　　　　　　　　　　　51－52
山本安英の半生記　　　　　　　　　　　　　52－63
新劇当面の諸問題――秋田雨雀先生に御教示を
喰はれてゐる――ナサケない新劇俳優の映画
出演　　　　　　　　　　　　　　　　　　　63－64
再び職人風に――文芸時評　　　　　　　　　66－76
パセテイツクなもの――文芸時評　　　　　　76－84

後記　　　　　　　　三好十郎著作刊行会　　　　　　　　85

第四巻　一九六一（昭和三六）年一月二二日　　　前付3－39

彦六大いに笑う　　　　　　　　　　　　　　　　(41)－85
彦六なぐらる
彦六の歓び
「彦六のよろこび」に関する「ノート」　　　　　(87)－91
決闘　　　　　　　　　　　　　　　　　　　　　92－93
後記　　　　　　　編集部　　　　　　　　　　　(95)－115

第五巻　一九六一（昭和三六）年三月二日　　　　前付3－41
せき（六場）――歴史的な三部作の第一部
字・西の田――部落の歴史・第一部　　　　　　　(43)－65
焼酎（四場）――「字・西の田」のつゞき　　　　(67)－120

第六巻　一九六一（昭和三六）年四月五日　　　　前付3－11
朝露

捨吉
獣の行方
内の鶯
「朝露」の出演者に
あとがき

第七巻　一九六一（昭和三六）年五月一七日　　　前付3－150
「廃墟」第二部のための覚え書　　　　　　　　　151
「好日」補筆のための覚え書　　　　　　　　　　152
天狗外伝　斬られの仙太　　　　　　　　　　　　(13)－41
　　　　　　　　　　　　　　　　　　　　　　　(43)－92
　　　　　　　　　　　　　　　　　　　　　　　(93)－107
　　　　　　　　　　　　　　　　　　　　　　　108－109
　　　　　　　　　　　　　　　　　　　　　　　110

第八巻　一九六一（昭和三六）年六月一五日　　　前付3－94
賭ける女　　　　　　　　　　　　　　　　　　　(95)－105
横町の消息　　　　　　　　　　　　　　　　　　106
あとがき

第九巻 一九六一(昭和三六)年七月一一日

前付 3－15

原始と近代	21－26
戯曲座にて	26－29
若さの本質について	29－33
東京の美	33－37
ある人に	37－38
或る人に	38－40
自分との論争——作品評	40－42
マチエールへの愛	42－43
ピカソのつまらなさ	43－47
現代演劇について	47－50
不安について	50－57
二十五時の問題について	57－61
或る案内状の草稿	61－65
話し合えぬ相手	65－66
日本語のよさ	66－73
共産主義と私	73－87
マチエールへの愛(現代絵画のこと)——或る画家へ	87－88
行き倒れ	(89)－97
あとがき	98

首を切るのは誰だ(一幕) 3－15
疵だらけのお秋(四幕) (17)－69
おまつり(一幕)——主としてピオニールへ (71)－88
唸れロボット(一幕)——又は「鉄」の一部 (89)－106
あとがき 107

第一〇巻 一九六一(昭和三六)年八月一九日

じぶんの顔 1－2
生活から 2－3
文体 3－4
寝ざめぎわ 4－6
二三のくふう 6－11
十年二十年のこと 11－16
断片(＊本文には「題はない」と註があるが、目次より採録) 17－19
宗教について 19－20

— 65 —

三好十郎著作集既刊目録

第一一巻　一九六一（昭和三六）年九月三〇日

傾斜　『中央公論』一九五四年五月号 　(1)―32
危険な演技　『改造』一九五四年五月号 　(33)―54
鍾乳洞 　(55)―77
一夜（戯曲） 　(79)―100
あとがき 　101

第一二巻　一九六一（昭和三六）年一〇月三〇日

無明一番槍　　前付3―49
「無明一番槍」に就て　　50
露路の奥　　(51)―93
青春　　(95)―99
あとがき　　100

第一三巻　一九六一（昭和三六）年一一月二五日

報国七生院（九景）――新「検察官」　　前付3―49
横に！そしてタテに　　(51)―71
熊手隊　　(73)―94
童話　花と卵　　(96)―101
あとがき　　102

第一四巻　一九六一（昭和三六）年一二月二三日

詩劇　水仙と木魚――少女の歌える　　前付3―32
大福と予言者　　(33)―55
夜の饗宴　　(57)―82
やかましい人　　(83)―106
オペレッタ　大福と預言者　　107―109
「夜の饗宴」についての覚え書　　110―111

第一五巻　一九六二（昭和三七）年一月三一日

秋霊幻怪（散文詩七篇）		39-48
幾何学的風景		48-49
宇宙の大きさと望楼		49-50
寂光	1	50-52
山東へやった手紙	1-2	52-55
おい、執行委員	2	55-56
棺の後ろから	3	57-61
トモダチ　エ！	3	61-62
霧――俺は一兵卒だ（リープクネヒト）	4	62-67
正義を忘れる！	4-5	67-68
手は血を？	5-6	68-70
職工、技術工諸君	6-7	70-72
町の赤旗に向って	7	72-75
川向ふへどなる	7-8	75
彼等の一人	8	75-76
マリヤ達	8-36	76-84
汝等の中の柩車――歴史は俺達に暗かったさ	36-37	84-88
病院で	37	89-91
決議された日	37-39	91-93
姉さん！	39	93
丘での風		
壁の上の愛		
世界の停止		
ものすごい甦生		
叙事詩　唯物神		
詩的でない考へ		
中世紀の天文学		
月の出ぬ夜は		
旅行をする精神		
味噌買いに行く		
月かげを埋葬す		
賽の河原		
怠けた放浪者		
空と涙と		
今　私の友は		
一番外側のもの		
雨夜三曲		

金たたき	27–29
ピオニール	29–31
職代	31–33
大川がだまって流れる	33–34
三人の言ったこと	34–37
セカイノトモダチヨ！	37–43
敗れて帰る俺達	43–47
水尾	47–51
高原にて	51–58
山独活のうた	58–59
へどの花	60–61
あとがき	61–62
	63–66
	66–68

第一六巻　一九六二（昭和三七）年二月二七日

新劇と映画	1–4
作家渡世――文芸時評	5–15
新劇の弱さ――演劇時評	16–21
新劇を強めるために	21–24
商業劇団のレパートリー――劇壇時評	24–26

ラジオの演目――演劇時評　94
愉しいから　94–95
誰に読ませる？　95–96
他意無之　96–97
仲町貞子管見　97–100
新築地の「桜の園」　100–103
諷刺文学のむづかしさ　103–105
一新劇人への手紙　105–111
演劇時評――レパートリイに就て　111–112
わが作家論　村山知義を語る　111–113
ロッパ一座　
怒れる喜劇　
「戦国群盗伝」のこと　
劇作家の希望　
補遺　
近代ゴシックと日夏耿之介――主として「黒衣聖母」に就て　71–86
時評　86–92
書け、落合三郎其他　92–94
舞台裏の涙――若い演劇人への手紙　94–100

第一七巻　一九六二(昭和三七)年三月三一日

彦六大いに笑ふ　前付3－49
地熱　(51)－101
おスミの持参金　(102)－139
あとがき　140

第一八巻　一九六二(昭和三七)年四月三〇日

炎の人　前付3－111
あとがき　111－112
ゴオホの三本の柱　113－116
人生画家ゴッホ　117－120
炎の人(作品集より)　121－125
ゴッホとのめぐりあい　127－131
あとがき　132

第一九巻　一九六二(昭和三七)年五月二六日

大きい車輪　前付3－13
妙な女　(15)－31
女ごころ　(33)－53
撮影所の幽霊　(55)－89
美しい手紙　(91)－103
あとがき　104

第二〇巻　一九六二(昭和三七)年六月一二日

胎内　前付3－86
戯曲研究会のノートから　(87)－105
あとがき　106
三好十郎著作集既刊目録(その二)　108－109

第二一巻　一九六二(昭和三七)年七月一七日

妻恋行　前付3－22

— 69 —

屠殺場へ行く路		(23)–55
鏡		(57)–110
あとがき		111
第二二巻　一九六二（昭和三七）年八月二二日		
		前付3–24
破れわらじ		(25)–43
不良日記		(45)–66
健の犯罪		(67)–89
夜の潮		(91)–111
願いごと		112
あとがき		
第二三巻　一九六二（昭和三七）年九月二七日		
		前付3–14
世界最古の書籍		(15)–84
熔接されたもの		85–89
「熔接されたもの」解題　川俣晃自		90
あとがき		

第二四巻　一九六二（昭和三七）年十一月五日		
村山知義へ		1–5
芝居随談		5–7
観客との合作		7–9
安住の棲家		9–11
映画に関しない随筆		11–14
三月の劇評		14–21
三面記事的リアリズム		21–24
文芸時評（1）――最後の真実　報告文学への一疑問		24–25
文芸時評（2）――即物性の必要　泉鏡花『雪柳』の世界		25–27
文芸時評（3）――「私」の世界　作家精神衰弱の兆候		27–28
文芸時評（4）――二つの戯曲　演劇リアリズムの問題		28–30
文芸時評（5）――日常の地盤　岡田と森山の二佳作		30–32

しなりお・余話
春の追想
五月の各座を観る——新橋演舞場の五郎一座 32-35
歌舞伎・新劇 35-37
私の夢想 37-38
『シナリオ文学論』読後 38-39
演劇慰問列車 39-44
新劇の幽霊——勤労者を相手にせよ 44-47
歌舞伎保存と伝承 47-48
映画俳優雑論（其の1） 48-49
独語風自伝（1） 49-50
芸術小劇場の「紋章」——横光的鋭さに欠く 50-58
国民に返せ！ 58-86
映画俳優論（その2） 86-87
劇評雑感 87-89
劇評談義（その2） 89-100
                    100-101
                    101-104

第二五巻　一九六二（昭和三七）年一二月六日　前付3-112

浮標

病中手記 (113)-117
あとがき 118

第二六巻　一九六二（昭和三七）年一二月一六日　前付3-60

あとがき
幽霊荘
生きてゐる狩野 (61)-136
                137

第二七巻　一九六三（昭和三八）年一月三一日　前付3-45

あとがき
鉄のハンドル
恐山トンネル (47)-119
                120

第二八巻　一九六三（昭和三八）年二月二六日　前付3-20

ぽたもち (21)-43
初旅 (45)-65
鈴が通る

— 71 —

ともしび	(67)―95
女体	96の次―112
あとがき	113

第二九巻 一九六三(昭和三八)年四月五日

「路地の奥」の作者として	1―3
芸術至上主義と能率至上主義	3―5
本職のこと	6―8
素裸になれ 千田是也アマチュア論	9―11
講演ぎらひ	11―14
俳優いろいろ	14―21
映画に関する疑問	21―22
言はざるの弁	22―31
時感二つ	31―32
年期	32―41
シナリオ作家への手紙――本誌シナリオ企画に就て	41―53
芸術の恐ろしさ	53―59
自分のためのノートから	

戯曲「三日間」に添へる私信 59―62
千葉の上田さん 62―64
俳優への手紙 64―99

第三〇巻 一九六三(昭和三八)年七月二七日

あとがき	前付3―46
町はづれ	
「冒した者」演出メモ	
冒した者――Sの霊に捧げる	
	100―102

第三一巻 一九六三(昭和三八)年五月一五日

崖	前付3―46
満員列車	(47)―87
稲葉小僧	(89)―106
あとがき	(107)―127
「満員列車」「稲葉小僧」上演の手びき	127
三好十郎著作集既刊目録(その三)	129―130

第三二巻　一九六三（昭和三八）年六月二一日

	前付
作者より	3–33

をさの音	107 (35)–106
俺は愛する	
「俺は愛する」創作ノート	
あとがき	110–109

第三三巻　一九六三（昭和三八）年八月二〇日

	前付
	3–104

樹氷（上）	105–108
「樹氷」舞台劇化のためのノート①	
あとがき	109

第三四巻　一九六三（昭和三八）年九月二八日

	前付
	3–93

樹氷（下）	94–104
「樹氷」舞台劇化のためのノート②	
あとがき　　　　　　　　　　　扁舟子	105

第三五巻　一九六三（昭和三八）年一〇月二三日

作者より	1
「ツーロン港」と「喋る」	2–3
ソフィスト列伝	3–7
ちかごろの感想	7–9
「火」のない新劇	9–10
劇作家のくらし	10–14
新劇の悪口	14–16
ことば	16–23
演劇の往く道（上）（下）	24–26
戯曲研究会のこと——「河岸」すいせんの言葉	26–29
ユウレイ観客	29–34
ソヴィエト文学私見——イデオロギーと芸術についての一疑問	34–42
丸山定夫についての断片	42–53
望みを若い世代に——新しい演劇のために	53–55
創作戯曲の貧困	55–56
望みを若き世代に——今日の演劇	56–64

— 73 —

魅力について	64－71
オハナさん	71－75
小説と戯曲	75－82
現代的症状	82－92
補遺	93－94
芝居らしく無いものを	94－95
新劇の女優連	95－96
「戦国群盗伝」の主題	96－97
私の写真術	97－98
あとがき　扁舟子	
第三六巻　一九六三（昭和三八）年一一月二七日	
逃げる神様	1－26-1
噛みついた娘	27－68
寒駅	69－85
マツコとユミコ	87－102
あとがき	103

第三七巻　一九六四（昭和三九）年一月一六日	
	前付3－
	119
夜の道づれ	(71)－70
夢たち	
第三八巻　一九六四（昭和三九）年一月三一日	
廃墟	(1)－85
橋の下	(87)－94
あとがき	95
第三九巻　一九六四（昭和三九）年三月二〇日	
大インテリ作家	1－12
小説製造業者諸氏	12－23
「日本製」ニヒリズム	23－40
ブルジョア気質の左翼作家	40－57
落伍者の弁	57－72
或る対話	72－92

ジヤナリストへの手紙　92－109
恐ろしい陥没――批評と批評家について　109－123
小豚派作家論――あるプロテスト　123－131
ぼろ市の散歩者（一）　131－137
ぼろ市の散歩者（二）　138－148

第四〇巻　一九六四（昭和三九）年（＊発行年月日なし）
炭塵（プロローグ及び十二場）――無名戦士達に　(3)－136
「炭塵」に添へて　136－137
あとがき　138

第四一巻　一九六四（昭和三九）年四月二八日
天狗党余燼　襲はれた町　前付3－52
鷲の王峠　(53)－102
あとがき　103

第四二巻　一九六四（昭和三九）年五月三一日
その人を知らず　前付3－102
「鏡」のためのノート　103－108
「寒駅」のためのノート　108－109
あとがき　110

第四三巻　一九六四（昭和三九）年六月三〇日
地熱　前付3－56
獅子　(57)－110
あとがき　111

第四四巻　一九六四（昭和三九）年七月三一日
一枚書評――『フランスの画家たち』岡鹿之助著　1
真実はある　1－2
映画・感覚　2－16
女流作家（上）（下）　16－18

東西文学者比較研究──諷刺的に	18-29
催眠小説の流行	
エスキース二三	
いかに生きる	30-35
『瘤』を読む	35-43
バナナの皮	43-44
愛と性のこと	44-45
五批評家にたてまつる	45-54
日本より	54-63
日本映画にヘドを吐く──私ははずかしい	63-64
愛の中に在るもの	64-73
小説の衰弱	73-76
詩の衰弱	76-83
刺戟失格(上)	83-89
文章のたくらみ(下)	89-90
補遺 戯曲の独立	90-92
第四五巻 一九六四(昭和三九)年八月三一日	92-96
殺意(ストリップショウ)	前付3-66

痴情	(67)-99
あとがき	100
第四六巻 一九六四(昭和三九)年九月三〇日	
夕閑語	1-83
愚者の楽園	83-89
第四七巻 一九六四(昭和三九)年一〇月三一日	
美しい人(上)	前付3-120
第四八巻 一九六四(昭和三九)年一一月三〇日	
美しい人(中)	前付3-113
第四九巻 一九六四(昭和三九)年一二月三一日	
美しい人(下)	前付3-116
あとがき 大武 正人	117-120

— 76 —

第五〇巻　一九六五（昭和四〇）年一月三一日

いて

言葉の暴力　44-46
歩くこと　46-47
日本語と詩　47-55
私の生活　55-61
『自由の証人』へのノート　カミュの政治参与
――「正義」を強く押出す思索の結果でない　61-65
"第三の道"　(85)
文化座のこと　65-69
問題のむずかしさ　69-70
劇作家の存立　70-76
歩いてきた道　76-80
抵抗のよりどころ　80-84

第五二巻　一九六五（昭和四〇）年三月三一日

バイロン伝　1-2
序　2-7
第一章　血統と家族
第二章　幼時及び学校生活　7-20

あとがき　前付3-84
「三日間」のための覚え書　97
劇場の真実　97-98
三日間

第五一巻　一九六五（昭和四〇）年二月二八日

一九五二年をむかえて　平和署名　1-2
文学に於ける政治――小林秀雄の所論に就て　2-24
逆コースの恐怖　24-25
ひとの命わが命　25-34
百パーセントの女性――女の型あれこれ　34-39
平凡ですぐれた詩――だが暗くてやりきれぬ気持がする　39-40
作品と自分　40-43
「冒した者」について　43-44
あるがままの事実と真実――「冒した者」につ

― 77 ―

第三章　ケンブリッヂ	20－29
第四章　旅行時代	30－37
第五章　ロンドン生活	37－46
第六章　結婚	46－58
第七章　スキス－ヴェニス	58－87
第八章　ラヴェンナ（一八二〇－一八二二）	87－94
第九章　ピザ－ジェノア	94－124
第十章　ギリシャへ－死	124－132
第十一章　結論	132－134
附録　バイロン年表	134－139

第五三巻　一九六五（昭和四〇）年四月三〇日

トミイのスカートからミシンがとびだした話

魔の石

「魔の石」ノート

前付3－106　(107)－118　119

第五四巻　一九六五（昭和四〇）年六月三〇日

前付3－215

秋の軍隊	216－217
雪と血と煙草の進軍	218－219
あまのじゃくな流浪者	219－221
赤いしもんさん	
補遺　詩四篇	
肌の匂い	

第五五巻　一九六五（昭和四〇）年七月三一日

「火炎ビン」始末	1－3
抵抗の姿勢	4－17
打ち砕かれた心	17－23
清水幾太郎さんへの手紙	23－43
アメリカ人に問う	43－52
「夏虫」の作者	52－53
幸福な戦争花嫁	53－55
石がもの言う時	55－67

— 78 —

「獅子」について 67-68
平和というバベルの塔 68-71
判決はまちがいです 71-82
これでよいのか？──松川事件について 82-93

第五六巻　一九六五（昭和四〇）年八月三一日

やまびこ 前付3-24
猿の図 .... (25)-63
ごくつぶし .... (65)-92
あとがき 93

第五七巻　一九六五（昭和四〇）年一一月一六日

腰ぬけインテリ 1-8
T君からの手紙──原文のまま 8-17
T君への返事 17-45
退屈している作家 45-47
口舌の徒──「あとがき」のかわりに 47-53
くいちがい──日本とアメリカの生命観 54-56

この作品を観よ 56-57
九州まで歩く積り 57-58
恥知らぬ徒 59-61
徒労 61-66
断絶と倒錯──演劇界からその実例を拾う 67-69
自信ある世界人──鈴木大拙著『よみがえる東洋』 ... 69-70
人間の二つの型 70-74
感想 74-75
中国行きの文化人に望む──見解・類推・形容 75-77
でない真実を 77-81
わからぬこと三題 81-83
対決からの逃避 83-86
教育者よ恥じろ 86-88
知識人とノイローゼ 88-92
寛容と日和見 92-95
中年者の無責任 95-97
生きのびるための世論 97-105
知識人のよろこばしい本務とのろわしい運命のこと

─ 79 ─

民衆の泣きどころ——ためにする論は警戒を 105-106
日本よい国 106-109
公約数の欠乏 110-112
弟妹たちへの忠告 112-115
ちかごろの演劇 115-119

第五八巻 一九六五（昭和四〇）年一二月二二日

生涯からのノート 第一・第二（西暦一九二三年） 前付3-52 (53)-100
あとがき 101
戯曲のつくり方

第五九巻 一九六六（昭和四一）年一月三〇日

判断保留のこと 1-11
二人の狂人 12-13
急進派の病気 13-17
寛容と人情 17-20
若い世代に失望 21-26

偉大さのこわさ 26-27
陶酔の不足——このごろの小説はなぜつまらないか（上） 28-30
冒険の欠如——このごろの小説はなぜつまらないか（下） 30-32
演劇のたそがれ 32-34
現代人の声と言葉 34-36
自由と解放の敵——「がる」と「がられる」の二つの型 37-39
賢者の言葉 39-41
インテリ村の村八分 41-46
押川昌一君のこと 46-48
タイミング失調 48-51
日々の恥はかきすて——ラジオ・テレビ断想 51-53
犬のように 53-55
テレビのチャンバラ 55-56
愚かな声で 56-58
わが青春 58-60
頭に穴のあいた人間 60-62
本来の効用——衰弱した芸術について 62-64

— 80 —

ほめるらん　開設の弁		64–65
ほめるらん　「蜜柑」と横関氏の小文		65
ほめるらん　非営利的映画		66
ほめるらん　科学と修身		66–67
ほめるらん　徳永直の娘さん		67
ほめるらん　ケーキと大福		67–68
劇作家の立場		68–70
ほめるらん　前進座の正体		71
ほめるらん　菊池寛の遺風		71–72
ほめるらん　小雑誌		72
ほめるらん　ラジオ・ドラマのかげに		72–73
ほめるらん　教職員		73
ジンナイさん――賢人と大衆との断絶をどうする？		74–76
ちかごろの感想から		76–79
思いきった手紙		79–80
観念劇の流行――からまわりでは真の魅力を失う		80–82
退屈の話		82–84
悪人を求む		84–88

小さい同志――子供にやれる対話劇　89–99

第六〇巻　一九六六（昭和四一）年三月三一日

評論随筆補遺（１）		
プロレタリア詩の内容		1–10
現実主義の詩		10–11
詩が書けなくなれ！		11–13
詩は如何に「行動」すべきか？		13–16
バルザックに就ての第一のノート		16–19
断片		19–36
作者の言葉		36–39
戯曲座のために		39–40
押川昌一君のこと		40–42
この作品を観よ		42–43
押川昌一君の歩み		43–44
奈良		44–46
評論随筆補遺（２）		
応募戯曲読後に		46–49

— 81 —

演劇断想　50－51
偶感二三　51－53
かねての情意　53－54
映画・演劇について――若い友へ　54－58
不良心　58－60
芸能祭と作家的志操　60－61
劇作家飢う　61
言葉・文章　61－63
心温い良き人　63－64
演劇と諷刺　64－65
短歌など　65－66

談話
秋元さんの事　66－68
「地熱」について　68－69

あとがき
戯曲集『浮標』あとがき　70－73
戯曲集『三日間』あとがき　73－76
戯曲集『夢たち』あとがき　76－79
戯曲集『崖』あとがき　79－83
戯曲集『廃墟』あとがき　83－84
戯曲集『獅子』あとがき　85
『三好十郎作品集』第四巻あとがき　85－90
『三好十郎作品集』第三巻あとがき　90－92
『三好十郎作品集』第二巻あとがき　92－97
『三好十郎作品集』第一巻あとがき　97－102
『美しい人』あとがき　102－103
作者の言葉　103－109
『樹氷』あとがき　109
「問い」に「答える」――十四項目　110－116

雑篇
中学時代の俳句・詩・短歌　116－117
詩「踊る！」　117－118
戦ひの歌――左翼芸術同盟歌　其の一　118
戦ひの歌（楽譜）　124

広告　118・124
「戦国群盗伝」の主題歌　119
『新戯曲文庫』発刊の言葉　119－120
『詩精神』に　120
尹紫遠著『三十八度線』序文　120－121
口述筆記・未定稿　121－123

自伝　125
年譜　125–126
作品年譜　126–127
あとがき　扁舟子　128

第六一巻　一九六六（昭和四一）年五月一七日
ノート1　1–54
ノート2　55–96

第六二巻　一九六六（昭和四一）年七月二日
（＊書簡）1〜164　1–109
索引　110

第六三巻　一九六六（昭和四一）年九月三〇日
（＊書簡）165〜557　1–134
（＊書簡）補遺①　1〜35　134–148
（＊書簡）補遺②　発信年月不明　1〜18　148–157
あとがき　大武　正人　157–158
索引　159–160

第六三巻附録　一九六六（昭和四一）年一〇月三一日
活動写真台本　戦国群盗伝　前付1–57
活動写真台本「戦国群盗伝」について　大武　正人　58–60

『三好十郎著作集』第2回配本（第4巻〜第6巻・別冊1）

2015年5月15日　第1刷発行

揃定価（本体48，000円＋税）

別冊　ISBN978-4-8350-7705-5

全4冊　分売不可　セットコード　ISBN978-4-8350-7701-7

発行者　細田哲史

発行所　不二出版　株式会社

文京区向丘1—2—12

電　話　03（3812）4433

FAX　03（3812）4464

振　替　00160—2—94084

組版・印刷・製本／昴印刷

『三好十郎著作集』復刻版と原本との対照表

復刻版巻数	原本巻数	原本発行年月
第1巻	第1巻〜第5巻	1960（昭和35）年11月〜1961（昭和36）年3月
第2巻	第6巻〜第10巻	1961（昭和36）年4月〜8月
第3巻	第11巻〜第16巻	1961（昭和36）年9月〜1962（昭和37）年2月
第4巻	第17巻〜第21巻	1962（昭和37）年3月〜7月
第5巻	第22巻〜第26巻	1962（昭和37）年8月〜12月
第6巻	第27巻〜第31巻	1963（昭和38）年1月〜5月
第7巻	第32巻〜第37巻	1963（昭和38）年6月〜1964（昭和39）年1月
第8巻	第38巻〜第42巻	1964（昭和39）年1月〜5月
第9巻	第43巻〜第48巻	1964（昭和39）年6月〜11月
第10巻	第49巻〜第53巻	1964（昭和39）年12月〜1965（昭和40）年4月
第11巻	第54巻〜第58巻	1965（昭和40）年6月〜12月
第12巻	第59巻〜第63巻・附録	1966（昭和41）年1月〜10月